Chantal Gevrey

IMMOBILE AU CENTRE DE LA DANSE

roman

www.quebecloisirs.com

UNE ÉDITION DU CLUB QUÉBEC LOISIRS INC.
© Avec l'autorisation de VLB Éditeur
© 2000 VLB Éditeur et Chantal Gevrey
Dépôt légal — Bibliothèque nationale du Québec, 2001
ISBN Q.L. 2-89430-463-3
Publié précédemment sous ISBN 2-89005-750-X)

Imprimé au Canada

Alors l'instant vient où s'insinue l'interrogation, où demeure, suspendue, hésitante, une
réponse incertaine.

CLAUDE ROY,
La Traversée du pont des Arts

PREMIÈRE PARTIE

Un été à Saint-Celse

1

Les gestes demeurent les mêmes, revenus par nécessité, retrouvés sans même un consentement. Les gestes
s'imposent ; je suis chacune de mes aïeules en plus de
moi-même, en chacune de mes années, dans un calme
absolu, libératoire. Mais cela ne durera pas.

La souveraineté de plier des vêtements, de tirer des
draps, la tête occupée par d'immenses symboles, ne
peut durer. À l'égal des nuages qui passent, les gestes
reviennent sans fin dans leur essence. Leur existence,
elle, est mesurée.

Les enfants appellent. Une fois de plus, à regret, je
dépose le rêve bien plié au sommet de la pile. Quand
pourrai-je le revêtir de nouveau ? On ne réintègre pas
en quelques minutes un rêve de grande dimension. Il
faut respecter les rites, se rendre disponible. Il faut du
temps, en épouser les plis, le réchauffer, et se mouvoir
en lui avec lenteur. C'est une cérémonie. Et voilà que les
enfants appellent.

La journée change de rythme. À l'ampleur initiati-
que du premier mouvement succède un tempo rapide
que ponctueront les pourquoi, les pipis, les lacets cassés,
les repas, les siestes, les jeux, les lectures, les promenades.

On retrouvera pourtant le thème musical du début, parcourant les notes fugitives de ces occupations, prêt à planer de nouveau en toute sérénité, à l'accalmie du soir. Et le regret toujours renouvelé d'un temps trop bref pour investir le rêve dans sa totalité.

Tout est prévu. Rien ne dépend plus de moi. Les enfants envahissent les jours à perte de vue. La nécessité d'écrire s'y pourrait tout de même tailler passage et modeler la réalité à ses mesures, voire déferler en une coulée furieuse arrachant tout ce qui lui fait obstacle. Mais une gangrène d'occupations étouffe l'esprit. Je ne peux plus oser m'asseoir, et laisser ce qui m'occupe suivre le même cours des heures durant, comme ces larges eaux qui s'enfoncent de siècle en siècle. Je scrute avec inquiétude un murmure interne et n'en sais présager ni jaillissement ni silence définitif.

Le temps, c'est aussi l'espace. Et l'espace fout le camp, dévoré par des panneaux-réclames, des poteaux télégraphiques, des HLM, des grilles, des clôtures, des rangées de lampadaires. Des lampadaires, tout de même, il émane certains soirs une poésie géométrique intéressante, à l'heure des ciels verts, entre chien et loup. La vie urbaine propre et neuve de l'Amérique convient à leur nature.

Les autres images à ma disposition appartiennent au passé. Une belle collection, qui ne parvient pas à se fossiliser. Tel instant enfoui dans ma mémoire se matérialise soudain, au hasard d'une similitude, comme le fragment de madeleine trempé de thé ressuscitait pour Marcel Proust les dimanches à Combray. L'arôme du café fait surgir une clairière bavaroise pleine de rosée et de chants d'oiseaux, un matin d'été ; j'y suis assise sur le capot d'une Citroën, juste avant de plier la tente. Un reste de sonnerie égrené par le réveil, et me voici sur le pavé de ma bonne ville natale au XVIIᵉ siècle, tandis que tinte la cloche du couvent franciscain, par le même beau temps frais et plein de promesses. C'est encore un pas sonnant dans les ruelles, quelque boutique aux peintures du vieil Amsterdam, une conversation en anglo-franco-allemand avec un bel Autrichien blond, une placette provençale avec sa fontaine qui chante aux heures de plomb, une route de corniche au-dessus du bleu violent de la mer, des senteurs mêlées d'eucalyptus et de fleurs sauvages, un troupeau de chèvres corses, des corbeaux sur les champs, l'odeur de terre et de brume des vendanges, bref, un siège en règle. Suit une furieuse nostalgie.

Ma collection d'images me poursuit, demande des comptes. Oui, je l'ai laissée en plan, peut-être pour toujours. Je dis « peut-être » pour la forme, un peu comme on agite son mouchoir à la fenêtre d'un train, mais je sais bien que tout est joué. Il suffit de lâcher prise une seule fois. On change, tout change. Il n'y a plus de rendez-vous possible. Le temps passe, immobile, et c'est nous qui sommes les fugitifs, pas lui. Moi aussi je suis immobile au centre de la danse et moi aussi je danse autour de lui. Comprenne qui pourra, c'est ainsi. Alors le voyage, la mobilité, l'éphémère constaté partout et sous tant de formes, me sont une façon de marcher côte à côte avec le temps, à son pas, dans l'illusion de la plénitude.

Justine et Julien font la sieste. D'un lit à l'autre, les voix chantonnent. « Tête de poubelle », module Julien, à personne, pour la beauté du geste. Sa sœur psalmodie quelque chose où revient souvent « espèce de patate ».

Ces deux-là ont compris qu'il suffit de parler pour parler, de s'assurer qu'on n'est pas tout seul dans le noir. Il n'est pas impossible qu'ils aient déjà flairé la solitude, monstre multiforme, l'hydre avec qui l'on négocie à tâtons des traités hasardeux. Fuyante, pourtant.

Je n'ai pas la solitude facile. Le sort m'en a parfois dispensé une bribe, aussitôt hypothéquée par quelque obligation urgente ou traversée par le fer rouge d'un souvenir précis, du détail déchirant : tout à coup, en plein milieu d'une pile de copies à corriger, une fenêtre grande ouverte, criblée d'étoiles, réunion en un seul miracle d'infinis au parfum de chèvrefeuille et de chant des grillons dans le foin encore chaud. Ces attaques de liberté, en quelques secondes, font la peau à tout l'édifice de compromis, de grisaille, d'oubli plus ou moins réussi et de résignation apparente. Les barreaux prennent de la consistance, la cage rétrécit, la présence des autres devient odieuse. C'est l'heure des comparaisons.

Les images que laisse l'enfance, l'enfance normale, ont quelque chose du paradis. D'une jeunesse vagabonde, courses folles dans les herbes folles, ivre de liberté de l'aube au crépuscule, de promenades à bicyclette sur le porte-bagages de papa, qui fait mal au derrière, de paysages purs, je garde les stigmates : un appétit de grands espaces, la compréhension sensuelle des complexités d'un monde perçu comme la symphonie totale. Je ne peux concevoir de construction mentale, qu'il s'agisse d'imaginer ou d'interpréter, que dans une relation quasi sacrée avec les harmoniques de l'ensemble.

L'existence de murs et de barrières est un non-sens, une mutilation ; les fureurs et les banalités, des démangeaisons épidermiques, dont on peut se garantir soit par la solitude, soit par le voyage. Par le soleil, aussi.

Certains écoutent mieux enfermés dans des réduits obscurs et ne souffrent pas la diversité, le négoce des humains ou les bousculades du dépaysement. Ils se penchent en eux-mêmes et la source jaillit. Pour ma part, c'est à bord des grands nuages aux couleurs des nuits, des forêts, des mers et des montagnes, que commence l'aventure intérieure. Par la fête des sens, en abondante moisson. Le bruit des ressacs, l'odeur des fruits mûrs, la vibration des blés à midi, un vol de migrateurs, l'inconnu rencontré, la halte autour d'une flambée d'automne scandent mes recueillements. Scandaient. Puisque me voici appartenir à un monde sans rêves.

Le présent est plein à ras bord d'incompréhensibles occupations. Si plein, qu'inexplicablement il semble vide. Vide de sens. Inconsistant. Laborieux assemblage de points minuscules, dont le but n'apparaîtra que lorsqu'il sera trop tard. Un présent dont il serait tentant d'affirmer qu'il n'existe pas, bien qu'il remplisse tout l'horizon sans aucune issue possible et que son poids ne laisse de souffle que ce qu'il faut pour ne pas mourir. Pourtant, vue d'ici, une subtile menace y insinue déjà ses demi-teintes, par des brèches impossibles à percevoir. C'est la découverte impromptue d'un fragment de jouet qui vécut sous le règne de Justine, en des temps immémoriaux, il y a trois ans et demi ; et le cœur se serre comme si Justine aussi était un peu morte. Les retours à la maison, de vacances en vacances, deviennent autant de sites archéologiques, que chaque année recouvre d'une couche supplémentaire. Il arrive que les objets n'aient pas changé mais soient devenus inutiles, comme cette couverture rouge qu'on jetait sur l'herbe pour les ébats de Justine bébé. Évidence de « jamais plus », la couverture abandonnée berce maintenant le mystère d'éternité. Il devient impossible de la traiter avec cette insouciante légèreté d'autrefois, puisque la voici parvenue au rang de témoin, peut-être de juge. Ces existences muettes prennent ainsi de l'épaisseur, insensiblement, et un beau jour vous confrontent avec ce versant de la vérité que l'on préfère ne pas voir.

À tout moment, le temps reste palpable. C'est un étrange privilège que d'en avoir la conscience permanente.

La maison était vide, à notre arrivée. Et le jardin. Cet hiver, mes parents nous ont écrit que la mère Garnot était morte. Son vieux aussi, tout de suite après. Morts et absents, ils acquièrent leur consistance définitive. Tout un pan de certitude s'écroule avec les immuables Garnot. Lui, cassé en deux, toujours entre deux vins, les reins ceinturés de flanelle, la pioche infatigable. Elle, en chapeau noir, surveillant sa récolte de framboises ou de fleurs, guettant les potins aux enterrements, avare, ronchonneuse. On a dû les ensevelir dans ces mêmes « habits du dimanche » qui n'avaient pas varié depuis mon enfance. Ils étaient mon ancre dans le temps et je ne le savais pas.

Il fallait tout de même s'y attendre. L'hiver dernier, monsieur Bertollet, madame Wiener se sont éteints. Madame Duthoit reste clouée au lit, il paraît qu'elle n'en a plus pour longtemps. L'ennemi gagne du terrain.

Tard arrivée dans la famille, j'ai senti dès l'enfance se refermer le cercle de la vieillesse. D'abord une atmosphère lourde de précautions, de souvenirs anachroniques, puis une litanie de rhumatismes et de misères ; des cousins lointains, presque mythiques, presque chauves, qui dans vingt ans auront l'âge de mon grand-père... enfin la disparition des Garnot. J'ai, jusqu'à hier, traversé tous ces déclins sans y prêter trop attention. J'y trouvais la solitude, ou bien le voyage m'en désolidarisait, me rendant à la jeunesse de toujours tout recommencer.

Aujourd'hui, Justine, Julien et même Simon, qui appartiennent à un autre ordre, me rendent contemporaine de tout ce qui s'enracine à l'espace d'ici.

Les nouveaux voisins ont de jeunes enfants qui jouent avec les nôtres, et un chien fou. Le chien prend son élan, arrive en vol plané sur les rangées de framboisiers taillées avec soin et amour par les Garnot, en écrase une dizaine de pieds et continue sa course par bonds, suivi d'une tranchée dans la plantation. De chaque côté, les plants fauchés s'abattent sur son passage. Tout exalté par le carnage, il repart, inlassable. Un chien vivant, insolent, qui gaspille sa force. De l'autre côté de la clôture, des condamnés s'économisent.

Tandis que les tours poussaient comme de la mauvaise herbe, étouffant les maisons des anciens, la pinède a fait place à une lèpre poussiéreuse aussitôt ensemencée d'aciers verticaux et de dalles en béton. Une cheminée de dix-huit étages domine la nouvelle forêt synthétique.

L'étau achève les survivants d'un monde qui disparaît, coincés dans l'ombre entre deux façades. En passant on voit parfois, dans l'encadrement d'une fenêtre, un portrait assombri, déjà funèbre. Les cours s'envahissent de ronces qu'on n'a plus la force de repousser. La dentelle des rideaux jaunit. À ces visages cendreux, le temps a signifié leur congé. Seuls les yeux le savent, qui brillent curieusement dans les joues dévastées. Lorsqu'ils s'aventurent sur une rue devenue menaçante, ces vieux peinent, face au courant violent de leur temps révolu… ce temps dont je suis aussi. Eux qui rassuraient mon univers par leurs présences solides, permanentes, les voilà sur le départ, ils m'abandonnent. Je vois bien qu'il faut leur emboîter le pas, prendre le rôle qu'ils ont laissé.

2

— Maman ! Maman !

Une cavalcade de pieds nus déferle dans l'escalier de bois. De longs mois d'absence l'ont rendu sonore comme une boîte vide.

— C'est quoi, les taches brunes au plafond ?

— Qu'est-ce qu'il y a derrière la porte ?

Leur frénésie de savoir exorcise l'immobilité, bouscule le poussiéreux silence du grenier, des rires frais ont raison en deux minutes de plusieurs années d'oubli, les murs tintent, des reflets s'installent. Il s'en faudrait d'un rien pour que les étoffes revivent dans les coffres, qu'un vent léger les agite de nouveau sous un soleil de juin, que des rires disparus répondent à ceux-ci.

Le canotier du grand-père à moustaches n'a pas une ride, enfoncé jusqu'au nez sur la tête ronde de Julien. Les aiguilles du réveil dont le tic-tac hachait, lorsque j'étais petite fille, l'obscurité de ma chambre, retrouvent avec un évident plaisir la route de leurs douze chiffres. Une lumière dorée filtre par le soupirail, mais les bruits du dehors restent presque imperceptibles. Justine joue avec les aiguilles : seule la petite fille a changé. On pourrait se croire à l'abri du temps, à cette époque où le seul ferraillement d'un tacot épisodique éveillait le calme de la petite route perdue dans les pêchers. La couturière chantait « Nuit de Chine, nuit câline, nuit d'amooouuur » ou encore « Jeee t'ai dddonné mon cœuuur ». Un feu d'herbes sèches donnait à son chant un parfum âcre. La bonne épluchait des légumes pour le repas du soir. Une chaleureuse béatitude m'envahissait, tandis que les prunes achevaient de mûrir.

Nous descendons. Le soleil écrase les HLM et la route a retrouvé son tintamarre. Qui donc viendra renouer le pacte ?

— On devrait fermer la fenêtre…
— Qu'est-ce que tu dis ? On ne s'entend même pas parler…

La bataille des décibels fait rage. Ma mère refuse néanmoins de capituler. Le téléviseur restera allumé. La fenêtre restera ouverte. Le ministre des Finances s'agite en vain sur l'écran. Le p'tit bal du samedi soir fait monter de la rue une rage de vrombissements digne des heures de pointe. En un contraste surréaliste avec ce fond sonore, la silhouette noire du peuplier se découpe sur un ciel étoilé et le seringa embaume de toute son âme. On écouterait plutôt Bach, s'il n'y fallait du silence.

L'un de mes plaisirs d'enfant consistait à m'étendre sur mon lit avant la nuit complète et à m'imprégner, sans aucune pensée, de toutes les nuances du ciel, de la chaleur et des parfums qui montent des herbes. À cette heure-là, on peut croire à toute immortalité. Les hivers ne m'ont pas laissé grand souvenir, à l'exception des froids nets de janvier, mais ces contemplations d'été sont ma part précieuse du monde. J'y ai beaucoup puisé, et tout instant de solitude me les rend, avec une nostalgie féroce, quel que soit l'endroit où je me trouve. Enfin, il est trop tard, le bruit est arrivé.

Ma mère est entrée en télévision un jour, pour n'en plus sortir. L'œil indéchiffrable, elle subit tous les programmes du début à la fin, s'endort devant les westerns, observe par intermittence les « variétés », sursaute parfois lorsqu'elle prend les éperons de Jeanne d'Arc pour la sonnerie du téléphone. Elle a trouvé un écran entre elle et la vieillesse. Peut-être que sur la deuxième chaîne ?

— Écoute un peu les noms que les gens infligent à leurs gosses !

La feuille de chou locale recommence à m'amuser. Je reprends pied dans un univers quasi familial. La politique internationale se traite sur le même pied que les kermesses de village. La pomme de terre géante récoltée par l'instituteur de Val-Maurice échauffe davantage la rédaction qu'un tremblement de terre dans les Balkans. Les Balkans, c'est loin. L'ouverture de la chasse au lapin fait les manchettes, la visite d'un gros empereur noir, un maigre entrefilet. On regrette sur trois colonnes la mort prématurée du représentant local au syndicat des producteurs de cassis, Sébastien Fourcherot. J'ai un instant le caprice d'adopter un chien, de l'appeler Sébastien et de le laisser prendre le large pour pouvoir crier : « Sébastien ! Sébastien ! reviens ! » en pleine ville, en courant. Il se passera quelque chose d'insolite. On soupçonnera des drames, un enfant perdu, un amant volage. Les conversations autour du thé prendront un tour plus croustillant. La journée aura été bien remplie. Je ferai des heureux.

Justine et Julien jouent avec des escargots miraculeux : quand on leur frotte le ventre contre l'escalier de ciment, ils rentrent dans leur coquille. Posent des questions embarrassantes : « Dis, maman, ça, c'est leur ventre, ou leur langue ? »

L'écho de leurs conversations me parvient dans la cuisine.

— Je les vends. T'en veux ?

— Hé ! Celui-là, c'est moi qui l'ai trouvé ! Maman ! Elle me prend mon escargot blond ! Tiens, ça t'apprendra !

Deux hurlements simultanés : justice est faite. Un instant plus tard, l'action a changé de scène.

— Oh ! T'as vu le pétard, maman ? Il va crever !

C'est Julien, entré sans bruit dans la cuisine. Dans le grand bocal où frétille sa pêche – quinze têtards – un drame s'organise. L'un des spermatozoïdes noirs nage de guingois. Son ventre gonflé l'entraîne vers la surface aussitôt qu'il cesse de bouger. Les bien-portants s'agglutinent autour de lui, commencent à le dévorer sans autre forme de sentiment. Il secoue ses dernières forces pour s'échapper, la meute le suit. Sa queue, marquée de festons récents, doit être un bon morceau. Simon se penche à son tour sur le spectacle.

— Papa ! Ils vont mourir !

— Penses-tu ! Regarde-les manger : l'appétit va bien.

— Mais regarde, ils mangent un pétard…

— Attendez, on va changer l'eau, ils n'ont peut-être plus assez d'oxygène.

Le stylo me tombe des mains, l'univers reste en suspens et le sauvetage des têtards commence.

– Attends ! Julien, toi, tu vas faire les soldats romains. Allez, chargez ! À l'abordage !

Les enfants sont repartis à l'assaut du jardin, devenu inextricable.

– Maman ! Antoine veut venir jouer chez nous, est-ce qu'on a le droit de lui ouvrir la porte ?

Je fais le tour de la maison, vais ouvrir, referme, reviens.

– Maman ! Hubert veut venir aussi.

Même scénario. Je considère avec rancune le défilé motorisé, tandis que ma mémoire produit un instantané des pêchers, du tacot de la « Côte » qui longe la route des vignobles, des rares bicyclettes enfourchées par des paysannes en chapeau de paille ou par des hommes tirant une remorque emplie de luzerne, le râteau piqué au milieu. Les uns et les autres s'arrêtaient volontiers au passage d'une connaissance et reprenaient leur chemin après un brin de causette. Je courais d'un champ à un autre, partout en sécurité, veillée par des regards familiers. Nulle entrave à ma fantaisie, nulle porte à déverrouiller. Un papillon ou un mulot pour compagnie, j'allais ravager les basses branches des cerisiers enfouies dans les herbes sauvages, ou encore je grimpais au plus haut afin de régner sur ce qui me paraissait un domaine sans limites, fondue dans le soleil de l'après-midi, un soleil aride qui confère, telle une investiture, la saveur de pleine solitude, sans partage, sans ombre ni amertume. Une solitude olympienne. Je rentrais les coudes égratignés, le fond de culotte douteux, des piquants plein les socquettes, intégralement heureuse. Et puis mon royaume s'est effrité, grignoté par les HLM et par le bruit, avant même que j'aie pu l'offrir, brin par brin, à Justine et à Julien qui en sont les héritiers obligés.

Ma mère s'affaire autour du réfrigérateur, mon père chasse les mouches. Simon a trouvé en fouinant dans le journal une centenaire comique. Justine et Julien discutent théologie. J'essaie d'écrire.

— Tu le remettras en route dans une demi-heure, à peu près.

— Il est de quelle couleur, le diable ? Tu crois qu'il y a du bleu ?

— Tu tourneras le bouton dans ce sens-là, ne te trompe pas !

— Moi, je crois qu'y viendra pas nous chercher, maman elle a dit ça pour rire.

— Pour ce soir, il y a de la salade. J'ai accroché le panier dehors, il y a un torchon dessus.

Les torchons occupent une place de choix dans le monde semi-campagnard dont les demeures comme celle-ci préservent quelques vestiges. On y trouve encore des dallages sonores, des édredons ventrus, de gros draps qui grattent, des confitures en rangs précis de pots à côte colletés de cellophane, des piles de linge qui emprisonnent dans leurs plis l'odeur du vent. Dans la pénombre des persiennes tirées, des rais de lumière dérobent à la cire des armoires son parfum doux-amer.

— Tu veux le journal ?

— Au point où j'en suis, pourquoi pas ?

La chaleur paresseuse étire les heures de l'après-midi. Je survole les titres. Le rêve sans emploi reprend ses droits, envahit la chaleur, se confond avec elle, lui emprunte sa pesante impuissance. L'image des étés passés, de l'été à retrouver bientôt là-bas, en ville, pose les scellés sur toute allégresse. C'est la paralysie. Encore. Seule la permanence du jardin vert s'étale à la surface de la conscience.

– Ce n'est pas la petite qui pleure ?

– Non, c'est une poule qui chante.

De fait, le fouillis de verdure filtre encore un cot ! dièse. Je refoule hypocritement un soulagement fugitif. Ils sont embarrassants, ces gosses. C'est à la fois pour eux et contre eux que, chaque année, je remets tout en cause, que, chaque année, je ramène de là-bas plus de doutes et de déchirures.

À l'arrivée, Saint-Celse m'apparaît laid, banal, étriqué. Tous les vieillissements, relégués durant les mois d'hiver par les piles de copies et la lumière artificielle des supermarchés en un lieu presque imaginaire, affleurent de nouveau. Le malaise s'empare de moi, fait de remords (nous les avons laissés seuls si longtemps), d'inquiétude (mais alors, sur nous aussi le temps a laissé la trace de son passage), d'un certain dégoût (cette odeur d'abandon, ces discrètes moisissures, l'herbe qui envahit le gravier de la cour…). J'ai un peu l'impression de revenir sur ma propre tombe, mal entretenue. Voilà au plafond une tache qui n'était pas là l'été dernier. Ici, le mur se craquelle imperceptiblement. Cette table a été déplacée, et je n'y suis pour rien. Le temps travaille à mon insu, à mes dépens.

Il faudrait faire vite, les distances se creusent à vue d'œil. Cette maison m'appartient, mais je m'en vais et la laisse se désagréger. Je ne me défends pas. Je ne défends pas mon père et ma mère, qui offrent tant de prise au disparaître, en notre absence. Les vêtements laissés dans les armoires ne font plus partie de mon présent, ne m'attendent plus. Je les vois comme autrefois j'observais les vestes à brandebourgs de mon grand-père, suspendues pour l'éternité dans la grande penderie du grenier. Mes possessions m'échappent. Pourquoi donc ai-je conservé cet échantillon de tissu, ces trésors ridicules ? Je n'y tiens plus et pourtant le regret s'empare de moi. J'en dois conclure que je suis disparue à moi-même.

Il faudrait faire vite, il est temps de rattraper ce qui s'enfuit. Juxtaposant des souvenirs d'année en année, ma conscience se dessille. Ce film, qu'elle voyait alors image par image, voici qu'il se déroule en accéléré et le délabrement se précipite. Les rides lézardent les visages à toute vitesse. Comment est-ce possible ? Il faudrait agir, tout de suite. Et je ne fais rien, comme dans les cauchemars où l'on reste cloué par la peur. Puis, insensiblement, les habitudes reviennent effacer les empreintes. Je me laisse gagner par le rythme demeuré familier au plus profond de moi, le malaise nostalgique s'estompe. Il n'y a plus d'avenir non plus, seule la chaleur existe.

Le têtard ressuscité frétille et fait trois fois le tour du bocal à la vitesse de la lumière. On le reconnaît aux accidents de parcours de sa queue. Justine et Julien sont retournés au jardin. Ils vont se bourrer d'abricots.

Dans la rubrique des naissances du journal, un minuscule avis détourne mon attention des têtards et des enfants. « Annette Vincelet, hameau des Pousseys par Mauthuis. » Je peux imaginer, pour en avoir fréquenté de semblables chez mes cousins durant toute mon enfance, l'intérieur légué par les grands-parents. Dans quelques semaines, la commode s'ornera d'un portrait d'Annette. L'évier va retentir de biberons, le nouveau poêle fonctionnera à des heures insolites et il faudra trouver une place pour le parc de la petite. La grand-mère qui ne peut plus tricoter palpe la layette de ses doigts rugueux et hoche la tête. Elle se sent vraiment sur la touche. Le grand-père tourne sa casquette entre ses genoux et philosophe pour lui-même. Ce sera le plus tranquille des bouleversements.

Il me rassure de pouvoir évoquer la vie d'autres gens. Là-bas, de l'autre côté de l'océan, cela me serait impossible. Chaque porte close tire un trait définitif entre eux et moi, me rejette à la rue. Je n'ai pu encore m'absoudre de cette étrangeté, rien n'en a pu altérer l'épaisseur. Ici, la vie des autres m'est rendue. Je suis délivrée. Mais je sais bien aussi que plus jamais je ne connaîtrai l'insouciance : il faudrait pour cela ne pas même y penser. La comparaison m'habite désormais. L'arbre de la connaissance a livré son fruit empoisonné.

— Et si on restait ? J'aurais peut-être ma chance à Paris.

— Le problème, c'est que si je continue à enseigner, on m'enverra partout, sauf à Saint-Celse. Il faudra déménager sans arrêt et comme je ne sais rien faire d'autre qui permette de faire tiédir la marmite…

— Toi-même, tu finirais par t'ennuyer de Plessis. Tu ne pourrais peut-être pas te réadapter.

— C'est toi qui n'aimerais pas vivre toujours ici.

— Sans compter qu'on ne pourrait pas rester avec tes parents.

Échec et mat. Simon pratique volontiers une sorte de syllogisme-boomerang grâce auquel il se débarrasse des pensées encombrantes. Comme il se doute un peu de mes nostalgies, il se donne la coquetterie de mettre entre mes propres mains l'instrument qui m'assommera. Le crime parfait, en quelque sorte. Au début, la surprise, l'illusion faisaient du retour un choc assez violent. Puis j'ai appris à entrer dans le jeu et à ne plus considérer ces grands projets que comme de simples exercices d'assouplissement de conscience. Il m'arrive même d'alimenter sournoisement le mécanisme, pour le plaisir de voir fonctionner encore, sur commande, un dispositif aussi sophistiqué. Simon serait sans doute bien surpris.

Simon et moi étions jumeaux dans une autre vie, ou nos aïeules voisines de palier. Comment expliquer autrement notre improbable association ? Simon secret, tourmenté, sédentaire, et Constance aux élans anarchiques comme ceux du chien fou, se sont reconnus, plutôt que connus, par-dessus l'océan. Ils se devinent, se fuient pour mieux se rapprocher, se rapprochent pour mieux se fuir ; se ressemblent trop pour ne pas s'en vouloir un peu ; complices, indissociables, en même temps qu'aimantés chacun par une étoile Polaire différente. Couple singulier sans aucun doute.

Comme ma mère, Simon n'extériorise pas sa tendresse. Mais il dépose de temps en temps un fil doré dans le nid et je comprends. J'utilise aussi le code-oiseau, pour ne pas bousculer ses défenses. Il arrive pourtant que dans ces échanges trop subtils je perçoive le souffle de la solitude aux sept têtes. Que n'ai-je épousé un bon gros toutou, me dis-je alors, qui lèche la figure ou qui grogne, tout simplement. Simon ne grogne pas. Il se tait, se détourne ou se fait sarcastique. Quant aux coups de langue sur la figure, une éducation puritaine lui a appris à s'en dispenser. Il faut les reconnaître sous le masque d'une raillerie plus légère, d'un geste discret, d'une aide apportée sans commentaire, du fil doré déposé dans le nid.

Constance ne résiste pas toujours à la tentation de provoquer, mais apprécie les clauses tacites d'une telle entente. Solitude jalouse et partagée, insuffisante et excessive, dérangeante, nécessaire. Nous avons cela en commun, qui est l'essentiel, avec le besoin de travailler sans relâche cette matière première capricieuse, à la recherche des réponses primordiales. Il y faut une patte légère, et tant pis si la liberté se paie d'un arrachement.

Les distances se creusent dans la conscience comme dans le temps. Est-ce une marche vers la face féconde de la solitude ?

Deuxième partie

Avec la montre

3

Comment donc décrire ces ombres sur la Côte ? J'ai tendance à voir les choses la tête en bas, tant m'aveugle la passion des nuages. Par eux, le vacarme de la mer me ramène à ces collines dorées que les nimbus chamarrent le temps d'une fin d'après-midi. Les ombres mouvantes font des vignobles un prolongement du ciel, résument l'éternité. La splendeur du dialogue me gêne comme si je venais de me tromper de siècle ou d'existence, de regarder par la serrure des dieux.

De la mer couleur de fer liquide, des échappées blanches de l'écume qui galope, émane une complicité insaisissable. Tandis que j'essaie laborieusement de la définir, la voix de ma mère, à des milliers de kilomètres de cette plage, dissipe comme il y a deux mois mes efforts prétentieux.

— Madame Bonnat m'a vendu un kilo de haricots, ils ont l'air bien frais. J'espère qu'ils n'ont pas trop de fils. Elle ne les donne pas, cette année, mais au moins on sait qu'ils viennent directement du jardin.

C'est un de nos lieux communs rassurants. Et à me rappeler ces propos familiers, sans intérêt en eux-mêmes, je comprends soudain pourquoi les mêmes choses ont

subtilement glissé vers un sens différent. De telles banalités m'agaçaient autrefois. Je sais aujourd'hui qu'elles
sont le prix de la sérénité.

Cette maison, que je considérais comme immuable
au point de ne plus même la voir, voici que je lui ai découvert des rides, des fatigues, des oscillations, comme à un
être vivant. Je m'aperçois que je n'ai pas changé seule.
Les autres ont changé. La maison a changé. Elle ne me
contient plus aussi adéquatement. On dirait qu'elle me
reproche de l'emplir par à-coups de ces vies intruses qui
viennent de si loin, avec brusquerie, puis de l'abandon-
ner sans plus d'égards. Comme une vieille personne que
trop d'émotions rendent maussade. Le malaise plane
quelques jours, des ajustements délicats s'opèrent dans
l'ombre des vieilles pierres et des vieux os, les distances
se cicatrisent. On peut se croire intact. Tout refonc-
tionne, tout le monde est à sa place, les pas des jeunes
raccordés à ceux des anciens en une continuité qui n'aurait jamais plus à se rompre. Moi, le passage, le trait
d'union qui vient d'accomplir ce pour quoi il lui fut
donné d'exister, je suis en paix. Puis le départ brise
l'inextricable tissu de liens qui refermait la blessure.
Tout est à recommencer. La nausée du gâchis s'empare
de toutes choses. Le malaise revient et nous rejette à
l'angoisse du relatif.

Seul Simon ne peut percevoir ces nuances du cli-
mat intramural. Le départ est pour lui dans l'ordre et
objectivement, il a raison. Comme il pose un œil étranger sur d'illogiques conventions, tacitement admises
depuis toujours, sa présence remet en question toutes
les évidences. Pourquoi la boîte aux lettres n'a-t-elle
plus de serrure depuis quinze ans, alors que des armées

d'ouvriers ont gratté et rénové la façade, changé les installations de chauffage, nettoyé les tuiles du toit, refait la grille de l'entrée, construit des armoires de rangement, réparé des tuyaux, ajusté des robinets, délogé un essaim d'abeilles de la cheminée? Simple question de folklore familial, particularité mineure, teintée de fatalisme pour nous, irritante pour lui. Simon répare la serrure de la boîte aux lettres. On le félicite, on se réjouit, on oublie la clef dans tous les coins. Cela, Simon le perçoit fort bien et s'en formalise à juste titre. Il n'a pas appris comme une langue maternelle les chiffres de la famille et, désormais, il sera toujours trop tard pour cela.

Je ne peux pas rentrer totalement dans mes perceptions d'antan, et pas davantage les renier ni oublier qu'elles ne se peuvent partager, sinon je deviendrais aussi l'étrangère. Même par solidarité envers Simon, c'est impossible, car étrangère, je le suis dans ma maison de Plessis où je n'ai pas grandi parrainée par ceux qui, avant moi, ont apprivoisé les lieux. Je rêve d'un accord confortable.

– Maman !

Julien conserve en grandissant des rondeurs de bébé. Les jambes musclées mais une indécision dans la courbe des joues, les reins solides et le ventre enfantin. Il accourt. Ses mouvements font apparaître une marge de peau blanche entre le slip de bain et le corps brun chocolat. Le soleil lui a blondi les cheveux. Ses yeux vifs, ses dents blanches, sa joie de vivre, m'emplissent d'une fierté attendrie. Que me faut-il donc, si cet enfant réussi ne me suffit pas ? Si Justine, élancée et brune, le teint éclatant de santé, ne me rassure pas sur mon utilité en ce monde ? J'éprouve un sentiment de plénitude à les voir jouer côte à côte, beaux, sur le sable gris.

Ici, mer et soleil, pensées vagabondes, m'absorbent totalement. Il ne reste pas le moindre espace où se puissent glisser un doute, une incertitude, un regret. Comme une avare, je thésaurise les instants attendus depuis six ans, le calme absolu, l'accord parfait. Simon a fini par me concéder une semaine de vacances, semaine dont j'enferme chaque jour dans les tréfonds de mon subconscient ainsi que l'écureuil entasse les noisettes pour l'hiver. La conscience est hors d'état de nuire, vide, disponible. Je ne cherche nullement à lire ni même à écrire malgré le temps dont, pour une fois, je dispose. Qu'écrirais-je, puisqu'il ne me manque rien, puisque les heures sont si brèves pour savourer la disponibilité même, les erreurs gommées et l'illusion d'un avenir possible ?

Un contact invisible s'est opéré entre le moi d'il y a six ans, sur une plage à peu près semblable, et le moi d'aujourd'hui, absorbé dans la même contemplation. Le hiatus a enfin disparu. J'ai présenté la mer aux enfants comme les mères montrent à leurs filles l'argenterie de famille. Le monde aussi doit passer de main en main selon les rites. Me voici acquittée de l'un de ces devoirs obscurs, quasi magiques, que l'on se crée parfois. Les enfants, haruspices instinctifs, retiennent ainsi leur souffle en évitant de marcher sur certaines fissures de la rue sous peine d'un verdict dérisoire, lourd de signes dont le sens s'est perdu. J'ai présenté la mer, je puis respirer. Je ne saurai jamais à quelle fatalité je viens d'échapper, à moins que je ne le devine trop bien. Qu'importe, un temps s'achève, un temps s'ouvre. J'ai passé les pouvoirs.

Qu'écrirais-je, aussi, puisque Justine et Julien, charmants dans la vie, deviennent pour tout écrit de véritables épées de Damoclès. Il faut aller voir tout de suite le crabe échoué, le drôle de coquillage, l'algue géante, le beau château de sable. Leur impatience, leur enthousiasme ne souffrent aucune excuse, aucun délai. Comme ils ont raison de ne pas faire confiance au temps, de s'accrocher au présent avec une vitalité de petits animaux sauvages ! Ils exigent, crient, se révoltent, conquièrent, arrachent, courent, dansent, méditent aussi, mais jamais ne renoncent dans leur incessante construction d'un univers microscopique et pourtant sans frontières, qui est aussi eux-mêmes.

Simon s'étonne des éclipses que connaît ma disposition à écrire : pourquoi diable ne pas « m'y mettre » aussitôt que j'ai une heure de liberté ? Les enfants dorment, l'après-midi, non ? Et le soir, après qu'ils sont couchés, la maison en ordre, les copies corrigées, les factures acquittées, les culottes raccommodées, les planchers lavés, tante Fausta rassurée par téléphone ?

Pourquoi, en effet ? Ainsi le voudrait l'efficacité. Justine et Julien en décident parfois autrement. À peine suis-je assise à mon bureau que j'entends trotter au-dessus de ma tête, ou un appel, encore que discret : « Maman ! » Hypocrite, je fais la sourde oreille : c'est peut-être quelque chose qui peut s'arranger sans moi. « Maman ! » Non. Soupir.

Alors le doute m'envahit, quant à ce qu'il faut considérer comme important. Désorientée, je grignote un raisin sec, feuillette une revue, redresse une tige des plantes vertes dont je ne me soucie jamais, bref je perds mon temps, et cette perte de temps se veut une marge entre la journée, finalement extraite de moi, et le moment à la fois attendu et redouté où j'aurai enfin le sentiment d'accomplir quelque chose de fondamental. De redoutable. L'interruption des enfants ressuscite le dilemme latent : je pourrais bien n'être qu'une égoïste qui dispute à sa famille, ô combien réelle, du temps pour une opération hasardeuse, une manie peut-être. Qui sera demain d'humeur guerrière, soit pour avoir sacrifié les heures du sommeil, soit pour avoir sacrifié ce manuscrit commencé qui ne vaudra jamais rien parce que trop souvent interrompu.

La marge de répit se prolonge souvent jusqu'à une heure quelque peu incongrue pour quelqu'un qui doit se lever tôt et paraître exclusivement occupée de pédagogie. Alors le manuscrit abandonné peuple mes demi-sommeils de remords, d'exhortations à plus de méthode, de considérations accablantes sur les motivations réelles d'une telle entreprise. Quant au résultat... c'est un découragement qui va parfois jusqu'à l'anesthésie. Comparée à cette dernière, l'anesthésie par le soleil m'ouvre un paradis de perceptions lointaines et rassurantes. C'est une anesthésie par défaut contre une anesthésie par saturation.

Les gens me fascinent, d'habitude. Sur cette plage vulgaire, bien davantage encore. Les maillots de bain peinent à contenir des tripes fatiguées, des bourrelets, des ventres révélateurs de sédentarité et de mauvaise alimentation. Même enlevés, les vêtements demeurent dans le bagage mental. La mascarade apparaît alors, sous l'éclairage cruel de la nature dont il n'aurait pas fallu s'éloigner. Les visages empâtés, les corps méconnaissables livrent les indices des grâces qu'ils eurent autrefois ou, plus rarement, la vérité de traits qui ont suivi leur chemin, qui ont mûri et se sont fanés proprement. Des jeunes laissent entrevoir les petits vieux qu'ils sont en puissance, les salauds qui s'ignorent encore, une beauté que le temps choisira d'épargner ou d'épanouir.

C'est un échantillonnage complet d'humanité nue, plus qu'à poil, sous la peau de laquelle travaillent des passions, des vices, des cancers, des intestins, des cœurs qui pompent à qui mieux mieux, des misères, des sacrifices, des larmes, des attentes, des harmonies surprenantes, des morts brutales. Appréhender tout ce qui chemine, invisible... se situer dans la foule... Vieux rêve impossible, vieille nostalgie.

– Coucou, maman ! Je t'ai fait une surprise, hein ! Tu viens nager avec moi ? Viens, maman, viens te baigner. S'il te plaît, maman !

– Maman, j'ai faim. Je peux avoir un biscuit ?

– S'il...

– ... vous plaît !

Toujours tenir le même rôle, sans défaillir une seule fois, sans quoi le personnage perdrait toute vraisemblance. Devenir le personnage ? Ou mener une vie double jusqu'à ce que... ce que... ? Ce que mort s'ensuive ?

Ce matin, les vagues battent la grève de leur grondement précis. Le ciel a pris des couleurs de coquillage. Il est impossible de savoir lequel, de la mer ou du ciel, se mire dans l'autre. Serait-ce de l'amour ? Le sable rosi, le vent frais parlent d'infini, de temps immobile, résument tous les départs.

La plage est déserte. Justine et Julien dorment encore, le souffle léger et sur la joue les transparences de l'aube. Si l'on tourne le dos au motel, rien ne vient préciser en quel point du monde l'événement est sur le point d'avoir lieu. Une à une, les vagues se frangent de blanc, se creusent de rose et de vert. Les contours s'affirment. Un soleil liquide s'éparpille brutalement, dont les multiples miroitements m'aveuglent. Dans une heure à peine, le ciel sera en tenue de vacances, un grand ciel bleu banal, balayé de nuages clairs, que s'approprieront les personnages en maillot de bain. Mais à cette heure matinale, point de vieillards au bain de Suzanne. C'est cette apparition intemporelle, neuve comme aux premiers balbutiements du monde, qui peut seule recoudre mes blessures. Je feins de me croire exister partout, et toujours. Et tout à l'heure il faut partir, retourner à Plessis.

Faire des valises pour partir me remplit depuis l'enfance de la même allégresse et cela, peut-être, contribue à me faire envisager tout départ comme une abolition du temps. Mais à les remplir de nouveau pour retourner au lieu inéluctable où je m'attends moi-même, l'insidieux malaise m'envahit : voilà, tout va stupidement recommencer. J'ai tiré un peu sur ma laisse, gagné quelques centimètres de liberté, mais on ne saurait vivre éternellement le cou râpé, les pattes arquées, à la dernière extrémité possible de la corde.

Le même trajet en sens inverse, comme pour tout effacer. Mais ce n'est pas cela qu'il faut effacer ! Il y a erreur, je proteste. Je ne regrette rien du tout ! Je n'ai pas promis de ne pas recommencer ! Pourquoi me ramène-t-on de force ? Et, comble de dérision, je plie l'échine, je plie le linge du mort, de ce nouveau moi qui commençait à émerger, enfin lavé.

Je secoue du sable, encore du sable. Je ferme des valises-cercueils. Dehors, un homme entre deux âges au torse blanc court avec précaution sur le sable, le même sable que je secoue ici. Sans son bureau, bréchet au vent, le bonhomme a l'air d'un poulet déplumé. Je le hais, pour ce qu'il évoque : la ville et ce qu'elle s'apprête à faire de moi. Poulet de malheur ! Intrus ! Raté !

Mû par une secrète solidarité, Julien soupire, se retourne. Je retiens mon souffle et mes préparatifs. Mais la respiration régulière atteste que mon fils dort toujours. Ce n'était qu'une ride à la surface de son sommeil. À côté de lui, Simon gît profondément enfoncé dans l'enchevêtrement des songes, le visage tourmenté, envahi par une barbe agressive. J'ai longtemps ressenti comme une atteinte, un vol, les heures que Simon passait ainsi, loin de moi, dépouillé de lui-même, indifférent et indéchiffrable comme la mort. Puis les enfants m'ont appris à lire d'autres langages dans le sommeil. Je comprends assez bien le Justine et le Julien, mais je ne comprends toujours pas le Simon, pour ne l'avoir pas appris par le commencement, pour n'avoir pas accès aux tableaux de son enfance. Peu importe, cependant, car je ne le redoute plus.

Dans l'autre lit, Justine s'est établie en travers de ma place vide. La fraîcheur du petit matin superpose de nouvelles vivacités à son teint bronzé. Les courbes pleines du visage, à la fois lisse et mat, la bouche entrouverte, les boucles cuivrées répandues sur l'oreiller, l'abandon du corps expriment la plus totale confiance. Soudain, à la vue de ces trois corps si complètement livrés à mon bon vouloir, si complètement dépendants, je me prends à douter de la réalité et de moi-même, du cadeau trop beau pour moi. La panique m'envahit, d'un instinct de destruction qui pourrait m'échapper, du poids de tant de rêves à mener à bien.

Aurais-je rêvé, moi aussi ? Ces trois êtres ne sont pas vrais. Je suis seule comme je l'étais il y a six ans. Libre. Libre de partir et de continuer là où j'en étais restée alors. D'effacer six ans de vie à tâtons. Mais tout ce qui s'inscrit dans l'humain s'y imprime d'encre indélébile.

Justine soupire et s'agite, s'entortille dans le drap, s'assied, se frotte les yeux. La journée commence. Mentalement, je range mes élucubrations jusqu'au soir : il ne faut pas tout mélanger.

Puis Julien jaillit de son lit comme toujours, silencieusement et, sans aucun signe précurseur, salue la nouvelle journée par des cris de Sioux et saute à pieds joints sur le plancher. Tout ce fracas ne trouble pas Simon. Hier soir, il a préparé des sandwiches, et à présent tout est prêt. Justine et Julien, débarrassés de leurs pyjamas, trépignent d'impatience.

Julien part sans regret. Il aurait préféré camper. Les ombres qui frôlent la tente dans l'obscurité, la vaisselle au clair de lune, aider à donner quelques coups de marteau, se sentir important... La plus belle plage, le meilleur motel – ce que nous ne prétendons pas avoir trouvé – ne remplaceront jamais pour lui la griserie du camping. Mais Justine, amoureuse de la mer, songe au morne carré de gazon et aux étages d'appartements qui borneront son horizon à Plessis.

— Maman, je peux aller encore un petit peu sur la plage ?

Comment lui refuser de prolonger de quelques instants une aussi brève échappée hors de l'hiver et du béton ? Sa joie mérite bien un sursis. Hypocrite encore, je tarde à réveiller Simon. Julien s'absorbe dans les aventures de Bugs Bunny.

— Maman ! Maman ! Julien ! Venez voir, viiite ! Il y a plein d'affaires sur la plage, venez tout de suite, les autres vont tout ramasser !

Tant pis. J'entraîne Julien, qui attrape au vol son chapeau et son seau.

La plage est couverte d'une mousse verdâtre, gluante. Ce sont des vagues de soupe qui ondulent mollement au loin et, sur une dizaine de mètres de largeur, le sable est jonché d'algues, de coquilles fracassées, de méduses, de crabes morts, de débris de bois usés par la mer et d'une infinité de reliefs remaniés de la plage elle-même… En un clin d'œil, les naufrageurs s'éveillent jusque dans les plus placides pépères. Les enfants sautillent, ramassent, s'exclament, transformés en batteurs de grève. La plage est dégoûtante, la nature reprend ses droits, c'est la fête. Je n'ai pas entendu Simon approcher.

— Alors ? Il est presque dix heures, il faut s'en aller. On devait partir dès l'aube ! Qu'est-ce que tu fabriques ?

— Regarde !

Simon, qui me suivait à regret, se penche, dégoûté.

— C'est une algue comme les autres. On ne voit que cela à perte de vue…

— Regarde mieux, il y a une grosse huître accrochée après.

Simon s'est immobilisé. Il observe l'huître. Il s'arcboute, en vain. Pris au jeu, il va chercher son canif. Pendant ce temps, les enfants crient, ameutent toute la plage. Justine a trouvé une espèce d'escargot, énorme, vivant, et à présent tout le monde est dans l'eau douteuse jusqu'aux mollets, dans l'espoir d'en découvrir d'autres.

Justine accourt, brandissant son trophée. Elle a déjà réquisitionné le bac à vaisselle pour y installer sa bestiole.

Simon réussit à ouvrir son huître. L'enchantement est rompu. De mon côté, je parviens à reprendre le bac à vaisselle moyennant le relogement de son locataire. Enfin, en pleine fournaise de midi, nous quittons la mer, dont les vagues lèchent encore les décombres d'un immense château de sable qui coûta à Simon tout un crépuscule de travail.

Écarlate de chaleur, de fatigue et d'émotion, Julien escalade sa sœur endormie, les coussins, un gros sac de coquillages, ses petites autos et ses livres, se coule le long de la carrosserie et claque la portière. Justine gémit et émerge de ses cheveux embroussaillés sans comprendre ce qu'elle fait là, devant la maison. Malgré tout, elle suit rapidement Julien et en un clin d'œil tous deux se retrouvent en compagnie de Sophie. Sophie les a attendus tout l'été. Eux ont découvert le monde. Les voilà qui disent tout à la fois, racontent à perdre haleine, à grand renfort de gestes. Pourtant, ils en auront pour des mois à épuiser ce trésor de découvertes. Ici, à l'ombre des grands érables, leurs corps bronzés paraissent plus bruns encore. Les voisins s'exclament.

Dans la lumière oblique du soir, la maison de briques sombres a l'air moins hostile qu'à l'ordinaire. À l'intérieur, la fraîcheur surprend agréablement. On dirait qu'un peu de printemps s'est conservé derrière les stores baissés, qui m'évoque aussitôt les bois profonds de ma province natale, où jaillissent les sources, et aussi ma chambre aux volets clos, dans la maison entourée de cerisiers. Un contact instantané réunit, une fraction de seconde, les deux pôles de ma vie. Le courant passe, m'excluant de l'espace et du temps, en un éclair qui ressemble à l'éternité.

Julien se balance à côté de Sophie, Simon parle au voisin, Justine prodigue à son escargot une sollicitude sans bornes : tableau rassurant, paix des sons tamisés semblable à celle qui endort les maladies d'enfant. Le parallèle des souvenirs et du réel maintient l'unité. La couturière fredonne, la bonne s'affaire à la cuisine, la voix de mon père parlant au voisin nous parvient du jardin. Est-ce ici ou là-bas, est-ce présent ou passé ? Le murmure gagne l'épaisseur des générations, en affirme la solidarité. Une harmonie sereine se répand, ignorant les sacs et les valises accumulés au pied de l'escalier.

4

« Tu devrais aller te coucher, sinon tu seras trop fatiguée pour aller à La Futaie demain. » Effectivement, la lassitude s'empare de moi. À peine réinsérée dans le quotidien, je retrouve sacs de voyage et provisions. Tante Fausta nous prête sa maison au bord du fleuve et c'est devenu un rite, en été, d'y passer le dimanche. Pourquoi le dimanche, puisque personne ne travaille durant la semaine ? C'est ainsi. Reste de tradition, instinct grégaire, peu importe. Dimanche est arrivé.

Avant les enfants, tout départ pour La Futaie représentait une fête, une libération. Puis les choses ont changé pour moi, dès avant la naissance de Justine. Je ne pouvais plus jouer à me considérer comme une invitée. J'imaginais l'enchaînement trop prévisible des visites et des convenances qui me ligoterait bientôt, comme une réminiscence des dimanches étriqués d'autrefois avec les cousins chauves. Il faudrait, à perte de vue, tourner à l'intérieur du cercle de parenté. Déjà j'étouffais.

Le fleuve a monté et noyé la grève où souvent je me réfugiais pour préserver ma solitude. Je suis maintenant livrée à la famille, à la merci des conversations de femmes et des foudres imprévisibles de tante Fausta, des toiles d'araignée et des odeurs de moisi.

La maison elle-même n'est guère hospitalière. Refuge d'une nombreuse nichée il y a peu d'années encore, elle n'héberge plus que des lits défoncés, des bibelots sacrifiés, de la vaisselle ébréchée, du linge humide. La poussière danse en rangs serrés dans les rais de soleil. Depuis que des cambrioleurs sont passés, l'hiver dernier, on a bloqué les fenêtres en y clouant des planches. Seuls le piano et le poêle de fonte se mettent à vivre lorsque l'un ou l'autre des frères de Simon vient ouvrir la maison. Alors, une chaleur consistante, colorée, prend possession de la pénombre, en module les détails, anime le silence. La présence du bois flambant apporte à la cuisine déserte une rumeur de tour de table, supplée à la vapeur du café chaud qui domine peu à peu les effluves de feuilles mortes, de bruine, de manteaux mouillés.

Cette maison ressemble à un album jauni dont quelqu'un viendrait parfois tourner les pages. Tout s'y est arrêté en cours de siècle. Les visites qu'on y fait éveillent un écho trop sonore pour que l'illusion reste possible. La maison est morte, et nos efforts de mémoire ne suscitent que des apparitions sans lendemain.

Pour Simon, qui y a passé tous ses étés jusqu'à l'adolescence, chaque recoin évoque les meilleurs moments de sa jeunesse, tantôt en solitaire face au fleuve, tantôt en compagnie de ses frères : baignades, promenades en bateau et dans la campagne, bruyantes tablées, jeux de société, discussions animées, parties de tennis, premiers émois amoureux. Quant aux enfants, l'attrait de leur âge pour les choses anciennes confère à l'escalier bancal une magie de conte de fées. La porte battante leur livre un royaume de légendes où l'année dernière souffre aisément la comparaison avec le Moyen Âge de Robin des Bois. En même temps que l'étagère où s'empilent d'anciens illustrés, c'est le passé de la race humaine qu'ils fouillent. Pour moi, qui n'ai pas connu la maison aux jours de son bonheur, cette cendre refroidie ne recèle que quelques épisodes récents, fragmentaires, de vie. Elle me parle plus de vertige au bord du néant que de souvenirs heureux. Les vieux vêtements accrochés ici et là témoignent d'une activité aussi étrangère que les uniformes de soldats de l'Empire aux vitrines des musées. Mais qu'ils soient ainsi laissés en liberté me trouble comme un avertissement. Leur fausse immobilité m'inquiète. Je crois traverser un domaine interdit, prophétique autant que fossile. Je me vois survivre seule à la désolation, passer dans les ruines en attendant de succomber aussi, et de recommencer sans fin. Je surprends un secret de vie et de mort. Mes pas de pilleuse de tombes sonnent dans un passage désert. On doit me guetter…

On doit guetter aussi la maison de Saint-Celse, qu'un jour je traverserai de la sorte. Il m'est souvent arrivé de vivre dans un moment présent un moment à venir et de sentir également toute la densité de ce qui les a précédés et rendus possibles. Je sais, de science inconnue, que dans plusieurs années le même geste, la même sensation se décalqueront sur un autre présent, quel malaise j'en éprouverai, et que cela sera néanmoins inévitable. Tout est répétition, mais je ne suis pas prête.

Trop de vies fantomatiques s'agitent entre les murs de La Futaie, imperceptibles turbulences que je capte comme autant de signaux, d'appels, chœur confus issu de l'univers parallèle de la mort, de l'intégrale solitude, pour que j'y vienne volontiers autrement que seule.

Les conversations jouent au massacre dans le tissu délicat des innombrables murmures, superposent à celui-ci une cacophonie insupportable à qui devine le mystère. Un lieu mort devrait être laissé à ses ombres. Je n'aime pas pénétrer dans la maison. Lorsque les circonstances m'y forcent, la réticence éprouvée mesure la peur qui m'assaille de la famille invisible. La jonction se reforme entre le présent de Saint-Celse, resté vivant au fond de mes os, et le présent de La Futaie entré en moi par effraction ; douloureux télescopage, digues rompues. Les développements de l'équation sont prévisibles. Tandis qu'en apparence je me prête aux bavardages anodins, les nerfs tendus à craquer, je me refuse à tant de voix contradictoires. Je n'irai pas où le courant m'entraîne. Seule à bord de mon radeau malmené, je tiens tête à la force qui m'aspire, je résiste à la certitude qui se cache au fond. Se peut-il que la solitude aille jusque-là ?

Épuisée de lutte et de stérilité, je dormirai comme une bûche demain soir. Mais aujourd'hui, je veux profiter de ma confortable inconscience. Malgré la sollicitude de Simon, qui s'inquiète pour mon sommeil, je vais lire le journal de A à Z.

Lorsque nous arrivons, la maison a son air d'abandon. Tout est fermé, l'herbe a poussé. Il va falloir passer la tondeuse. Du moins n'y aura-t-il pas un de ces éclats dont tante Fausta entretient la menace avec tant de persévérance.

Le domaine est vaste. Le bruit du moteur se disperse aux quatre vents. Justine et Julien ont chacun leur lit attitré dans la grande chambre du haut, mais il est à prévoir que la sieste va tourner court.

Pensivement, je remets une bûche dans le poêle. Ce n'est pas encore l'automne, et pourtant la fraîcheur évoque les petits matins d'octobre. L'atmosphère humide, restée prisonnière de l'obscurité durant toute une semaine, imprègne jusqu'aux coussins dans les fauteuils d'osier. On dirait, en ouvrant la porte, que la maison exhale tous les hivers dont elle a été le témoin depuis plus d'un siècle. En compagnie d'un café chaud, le dos au poêle ronronnant, je commence à parcourir la revue achetée ce matin, me promettant bien d'écrire dès que les enfants seront endormis.

Je n'ai pas lu trois lignes qu'un frôlement m'avertit d'une présence. Justine est sur le pas de la porte et danse de joie en apercevant ma surprise.

– Qu'est-ce que tu fais là ?

– J'avais pas sommeil…

– Alors prends un livre, pendant que je vais lire aussi.

Justine tourne sans enthousiasme les pages de son illustré. Après un instant d'incertitude, je retrouve le paragraphe commencé.

– Maman, c'est quoi le plus méchant : une fée Carabosse, une araignée ou des frelons ?

– Laisse-moi lire un peu, veux-tu ?

– Est-ce que c'est pour tes étudiants que tu lis ça ? Tu vas y aller, au collège, demain ?

– Non… enfin… peut-être.

– Mais moi je veux savoir !

Justine est au bord des larmes. Elle attend autre chose de moi, et je ne suis pas disponible. Libre, mais pas disponible. Elle revient à la charge, s'exaspère de cette résistance passive. Pour elle c'est un mur et il lui faut ouvrir une brèche. Allons. Je tends la main à Justine.

– Viens, on va voir si on trouve des chenilles.

Ses yeux s'illuminent. Dehors, l'air embaume le foin frais coupé. Simon, de loin, a l'air d'un antique laboureur. Les brins dorés lui font un léger halo ; on dirait que le bruit du moteur s'est ainsi matérialisé. En nous apercevant, il s'arrête un instant et, du bras, s'essuie le front. La transpiration a collé des brins d'herbe sur sa peau. Justine court l'embrasser. Ainsi ont dû s'interrompre tous les pères à l'approche d'une toute petite fille.

Par la portière, Julien observe les bateaux sur le grand fleuve calme. Le ciel s'est pommelé de nuages roses. L'eau est devenue un miroir délicat où trempent des clochers, des arbres penchés, immobiles. Mais si les rives ont des mignardises de peinture de cour, la majesté du fleuve impose la vision d'un continent tout entier, rapetisse le spectateur à son rang véritable. Les bateaux qui nagent dans le soleil couchant captivent Julien. Plus loin, la plaine déroule à l'infini des ondulations lentes, immensité verte ponctuée de bois sombres et de champs dorés. De loin en loin, des fermes dressent leur silhouette, noire à cette heure, sur le ciel devenu translucide. Une centaine de chevaux se déploient sur fond de nuages incandescents. Justine s'est endormie. L'air est tiède. À la traversée des villages, des feux d'herbes sèches nous délèguent des volutes de fumée amère. J'ai envie de descendre de voiture et de rester là, au contact des choses simples et naturelles, pour une vie statique, où les liens entre les êtres ont le temps de se tisser et de mûrir à l'abri de l'infinie patience des saisons. La Renault pourtant modeste me paraît anachronique, déplacée, dans la trêve du soir. Nous sommes une injure à l'unité des lieux, corps étrangers, préoccupations discordantes, qui traversent le soir d'un fleuve sans même s'excuser. Je me sens, avec intensité, déracinée.

Mais comment donc pourrais-je m'agripper au sol d'un pays dont, comme Simon à Saint-Celse, je suis exclue par un passé indéchiffrable, où nulle part je n'ai eu le temps de m'enfoncer un peu, où je compte si peu d'instants d'une félicité exempte d'arrière-pensées ? Je n'existe que l'été – à cause de la liberté que j'associe encore à cette saison – alors que nous sommes à Saint-Celse. C'est donc à Saint-Celse que Simon et les enfants ont laissé pour moi une réalité vivante et durable. Ici, le temps et l'espace restent suspendus. Combien d'années faut-il pour que poussent de nouvelles racines, à supposer que ce soit possible ?

Il est trop tard ou trop tôt. Je suis en transit. Rien alors ne m'empêche de fermer les yeux et de me croire encore impliquée dans un de ces somptueux automnes de là-bas. Les feux de bois ont la même odeur exactement, l'air la même tiédeur. Le vignoble flamboie, le parfum du vin nouveau flotte, suspendu dans la brume ambrée du soir. Quelque part, on cogne sur du bois, une charrette aux roues cerclées de fer traîne un chargement de raisin et de vendangeurs. La lessive bout dans la cour. Tout de suite après on installera, sur le même feu, une autre lessiveuse aux flancs noircis où cuiront des prunes en bocaux pour tout l'hiver. La nuit sera tombée lorsque mon père laissera enfin s'éteindre les dernières bûches et la porte se refermera sur une odeur de feu, de prunes, d'humus et de brume fraîche. Un peu de buée couvrira la fenêtre, pour la première fois de la saison. Les conversations iront s'assourdissant, mêlées à la chaleur de la tarte mise au four. Ma chambre semblera fraîche au sortir de la cuisine, et ma mère prendra dans la grande armoire une courtepointe « d'arrière-saison ».

Simon dirait : « Tu es injuste. » C'est vrai. L'automne ici n'a rien à envier en beauté à ceux que j'ai connus ailleurs. Sans doute même les surpasse-t-il en richesse colorée. Son feu d'artifice de rouge vif, de jaune franc, de vert, de brun, couvre la forêt d'un chatoiement de soie exotique. Mais c'est avec violence que l'été se désintègre. L'air déjà prend une transparence aiguë, comme pour éloigner de la nature l'homme blanc qui l'a traitée en adversaire. Là-bas, la tiédeur des collines, leur courbe polie par une humanité immémoriale, rappelle plutôt la rondeur des derniers fruits. Noyé de tendresse, l'horizon voile toutes choses de légèreté bleue, met du flou sur les distances, estompe les arrière-plans et les peines, à l'heure où le soleil attarde sur les ors vieillis une caresse généreuse, presque humaine.

Les soirées se teintent pourtant de douceur, surtout au bord du fleuve. Douceur aussi dans le vol étouffé des canards au petit matin, alors que les vapeurs blanches de la nuit s'étirent encore sur l'eau. L'absence des hommes, comme à la mer, rétablit l'atmosphère du dialogue originel. Leur absence, ou leur présence chaleureuse en villages posés dans les replis du terroir. Mais sur les entreprises humaines d'ici, le passage des siècles n'a pas encore limé les angles durs, la patine d'une longue histoire ne s'est pas encore déposée comme un gage rassurant d'unité et de vieillissement tranquille. On ne reçoit pas en tribut d'amitié la profusion des châtaignes et des noisettes, de la vigne et des fruits. Les arbres étendent à l'infini la rigueur d'une ombre stérile et, à leur image, les banlieues multiplient les gazons nus. De la fleur au fruit, c'est toute la patience, toute la sagesse qui s'offrent, à l'autre bout du monde, et que Justine et Julien ne connaîtront pas.

Regarde-les bien, Julien, ces chevaux minuscules sur l'immensité du ciel, et ne les oublie pas. Imagine qu'ils ne sont à personne, que le ciel est celui du commencement des temps, et que tu es éternel. Plus rien ne pourra t'atteindre. Ils seront ton refuge en toi-même. N'oublie pas que tu contiens tout, depuis toujours et pour l'infini.

Simon pousse la porte. Le téléphone sonne dans l'obscurité.

– C'est pour toi.

– Allô, Lise ? Comment « enfin rentrée » ? C'était si urgent ?

– Je voulais te demander quoi faire à propos de Chloé. Et il faut que je te raconte…

– Je suis contente de t'avoir au bout du fil, mais il faut que tu m'excuses : on rentre tout juste de La Futaie. Les enfants ont faim, nous ne pourrons pas nous parler tranquillement. Je te rappellerai plutôt quand ils seront couchés. Alors, à tout à l'heure !

Simon, l'œil narquois, a chronométré la conversation. De stupéfaction, il laisse échapper un sifflement.

– Tu as déjà fini ? Ça n'a pas été long…

– Oh, ça aurait pu l'être. Il faut que je rappelle ce soir. J'ai coupé court un peu cavalièrement.

– Bonne chance !

J'en aurai besoin. J'ai résisté toute la journée à la nécessité d'écrire, tenu le coup en rêvant d'une soirée face à face avec les feuilles blanches, les feuilles noircies, les notes jetées en travers de tous les bouts de papiers rencontrés au hasard d'une remarque impérative, feuilles dont la pensée me poursuit en filigrane superposé à toute occupation.

Lise m'entretiendra de science-fiction, de son émission favorite à la télévision ou de ses cours de modelage et du souper que sa mère organise, sans oublier les prodiges accomplis par Chloé. Je lui parlerai de la pièce de Simon, de l'orthographe pénible des étudiants, de la difficulté qu'il y a à boucler un budget pour des gens imprévoyants comme nous. Lise est ma seule amie sur le continent. Nous sommes voisines mais, satellisées chacune sur une orbite différente, nous ne nous voyons presque jamais. Quand Lise téléphone, retrouver une longueur d'onde commune est une entreprise de longue haleine. Ironique, Simon disparaît dans le bureau.

5

Il fait étouffant. Le ciel gris, épais, se traîne au ras des arbres. Pas un souffle ne se lève. Les odeurs sulfureuses stagnent dans une moiteur de serre. Ce temps cotonneux, gluant, est tout ce que je déteste.

Le voisin et sa femme s'occupent à leur jardin : une plate-bande de bégonias et de sauges, quelques dahlias rouge feu contre le mur de la maison, et un petit carré prélevé sur la pelouse où, par rang de taille, s'organisent tomates, choux, haricots et autres légumes plus discrets. Elle, short blanc impeccable, frisettes récentes, gantée de caoutchouc, lui en pantalon clair et chemise neuve, également ganté de caoutchouc, manient le sécateur et les ciseaux avec des gestes de grands patrons en salle d'opération. On s'étonne de voir leur visage découvert. Chez nous, des boutons de pivoines momifiés rappellent l'été passé. La haie commence à se déplumer et quelques asters particulièrement bien disposés poussent là où ils le veulent bien. J'ai essayé de semer des graines de fleurs au printemps mais, sur la dizaine de variétés escomptées, seules les capucines ont réussi à apparaître. Je finirai par croire que ni Simon ni moi n'avons l'âme jardinière. Circonstance aggravante, je ne sais pas parler aux plantes. Et je voudrais inculquer à Justine et à Julien un amour de la terre égal à celui des vieux paysans !

Un chien noir trotte dans la rue déserte. Les enfants sont à l'école. Vu du ciel, cela donne à peu près un cube de concentré d'enfants pour une dizaine de rues. À la fin de l'après-midi, ces rues s'animent, les jeunes s'agglutinent dans les entrées, les tondeuses ronflent, les bicyclettes décrivent des entrelacs, des relents de cuisine s'échappent des maisons. À six heures, le calme revient : tout le monde mange. À la nuit tombée, un promeneur marchant dans la rue verrait des rangées de salons plongés dans l'obscurité avec, seul témoin de la vie, le rectangle blafard du petit écran. Personne, du reste, ne se promène. Durant le week-end, tous ceux qui le peuvent transportent leurs rites à la campagne. Nous, nous allons chez tante Fausta. D'une façon ou d'une autre, il n'y a pas grand imprévu à attendre.

Les promenades en ville aussi deviennent vite routinières. Elles me rappellent les dimanches nauséeux de mon enfance, lorsque mes parents me traînaient chez l'oncle Joseph (cela signifiait que j'aurais droit aux vêpres avec tante Marie et aux simagrées du cousin Dominique), me traînaient regarder les vitrines de tous ces magasins fermés comme manèges après la foire, désolants, me traînaient dans les allées tirées au cordeau du parc où je devais marcher d'un pas de rentier. Depuis ces jours lugubres, alors que la solitude en compagnie de mes parents trop âgés me sautait à la gorge, je ne peux plus « aller en visite », déambuler dans des parcs trop bien ordonnés où les bordures de buis sentent la mort, sans éprouver une angoisse proche de la panique. L'asphalte mouillé, la nuit, les lampadaires qui éclairaient nos retours m'ont laissé pour toujours une horreur physique de la grisaille, des alignements, des salons fermés. J'ai cultivé au contraire un appétit violent d'espace, d'exagération, de délires baroques et de mouvement, des réactions de fuite instinctive, la passion de la mer.

Rétive à tout enfermement, fût-il seulement symbolique, je fuis l'asphyxie et sa mort lente. À tout prix. Quitte à défier la logique, les convenances, les risques les plus fous. Dressé sur ses pattes de derrière, écumant, affolé, mon signe astrologique chinois bat l'air de ses sabots. Attention ! N'empêchez pas Constance de galoper librement dans les graminées sauvages ! Il faut tout de même parfois consentir à la bride…

En analysant l'impression de malaise ressentie dans la maison de tante Fausta à Bergeville, je trouve ma phobie familière prête à surgir des profondeurs. Une part de moi-même s'assoit dans un fauteuil et converse poliment, tandis qu'un double mystérieux qui est sans doute le vrai moi-même traverse un passage de vie torturant à l'extrême. Comme par un vampire psychique, je m'y trouve dépouillée de toute énergie vitale. Quand les deux moi se rejoignent, je suis intégralement vidée par le démon vorace que je ne peux identifier. Rude épreuve, qui me secoue chaque fois des pieds à la tête.

J'en suis là de mes réflexions sur la terrasse quand le téléphone sonne de nouveau. Tante Fausta, probablement. Je viens d'y penser avec tant d'intensité qu'elle a dû en avoir des ondes avertisseuses.

Ce n'est qu'une campagne publicitaire. Une dame, sans doute bien intentionnée, tient à me faire partager son enthousiasme pour les jardins Saint-Nicolas et à me vendre une place dans son cimetière pour morts de premier choix. Pour un peu, elle me convaincrait de partir plus tôt pour en profiter plus longtemps. Toutes les évasions sont bonnes. Mais non, je partirai quand je voudrai, l'essentiel étant de payer maintenant. Je renvoie la dame à ses séraphiques mondanités. Simon rit de bon cœur. Il a fini par prendre son parti de mes réactions.

Pendant ce temps, au fond de mon enfance, madame Caltosperra chantonne « Nuit de Chine, nuit câline, nuit d'amooouuur », des épingles entre les dents. J'admire sa virtuosité et j'attends plus ou moins qu'elle en avale. Mais c'est moi qu'elle pique au tournant d'un volant. C'est bien la première fois qu'on me dit « ma chérie » avec des trémolos dans la voix pendant que je trépigne, debout sur la table de la cuisine. Madame Caltosperra a lâché ses épingles. J'espère que la bonne ne se piquera pas les genoux : elle a l'habitude de lire le journal à quatre pattes sur le plancher dès que mes parents sont partis. Je ne le dis pas et, en échange, elle ne raconte pas que je fais des progrès avec la carabine de mon père.

Je me demande de quoi seront faits les souvenirs de Justine et de Julien, qui n'ont guère connu autour d'eux que Simon et moi. Il y a bien eu Paméla, une gardienne haïtienne. Mais Justine, qui ne se déplaçait alors qu'en rampant, préférait passer sous la table que dans le sillage fortement épicé des aisselles de Paméla. Et madame Chevalier ; Jenny qui s'inventait des oncles lubriques ; Madeleine qui passait une bonne partie de la journée à se lotionner les mains ; la grosse France qui, en cachette, faisait du fudge au chocolat qu'elle camouflait dans le congélateur, pour le manger lorsque Simon et moi disparaissions de la maison. Elle oubliait parfois Julien. Nous le retrouvions enroué, encore hurlant, dans son lit bouleversé, à jeun depuis le matin, sale à faire peur. La radio ou la télévision couvrait les cris tant bien que mal et France mangeait son fudge au chocolat. Depuis, Simon et moi sommes devenus omniprésents. Il y eut bien encore madame Estienne, soixante-treize ans, un mètre quatre-vingt-dix, cent dix kilos, enjuponnée et froufroutante comme une jeunesse, chignon luisant, démarche vive malgré ses kilos. Madame Estienne, dame patronnesse patentée, garde des enfants à l'occasion. C'est une perle. Mais elle fait du ketchup pour ses œuvres et une odeur tenace d'oignon l'accompagne. Justine et Julien, le mercredi soir, se terraient à son approche, sans que l'on ait jamais pu élucider quelle part tenaient, dans ce recul, les relents de ketchup et la perspective d'étouffer quelque part dans ses vastes rondeurs. L'épisodique madame Estienne a rejoint Madeleine, France et compagnie au panthéon de nos célébrités domestiques. Simon et moi alternons désormais seuls les tours de garde. Adieu, pittoresques nounous.

Madame Caltosperra peste maintenant contre moi. Il paraît que je bouge tout le temps, alors si je continue la robe ne sera pas prête pour le mariage, et madame Caltosperra n'aura pas le temps de boire son café. D'habitude, elle vient le jeudi après-midi, car je ne vais pas à l'école et elle peut me faire pivoter sur la table tant qu'elle veut. Malgré tout, j'aime bien madame Caltosperra. Elle mange du camembert en prenant son café, elle met les épingles dans sa bouche, elle chante mieux que la bonne, elle parle de son fils Jean-Luc, qui a mon âge et qui l'accompagne quelquefois. Moi, je n'aime pas Jean-Luc ; je le trouve nigaud et, surtout, il a de gros yeux glauques qui le font ressembler à un chat.

Madame Caltosperra est une source inépuisable d'observations. Elle cause aussi avec la bonne. Avec mon grand-père, elle philosophe sur la vie, raconte sa famille en longues périodes où reviennent souvent « qu'est-ce que vous voulez ? » et « comme je dis ». Elle reprend sa respiration au vol. Je règle mes yeux et mes oreilles au maximum d'ouverture, j'admire et j'enregistre.

Madame Caltosperra vient aussi le lundi, quand il y a urgence. C'est le jour où mon père et ma mère restent à la maison. Autant dire un jour de fête. Alors quand madame Caltosperra est là en plus, je ne traîne pas pour rentrer de l'école. De loin, je sens un feu d'herbes sèches et je sais que ce n'est pas le jardinier qui l'a allumé. La maisonnée me fait des signaux de bienvenue, j'accours. Ma mère plie des rideaux qui sentent le fer à repasser. J'ai droit à un vrai goûter sur la table de la cuisine. Autour de moi, les conversations qui s'entrecroisent tissent un cocon protecteur. C'est la félicité ! J'en profite, car dès le dîner il est question d'impôts, d'inventaire et de jours sombres à prévoir. Puis on me dit : « Va te coucher », et la porte se ferme sur un silence que je n'ai pas apprivoisé. De l'autre côté, les conversations confortables ne sont plus qu'un murmure indistinct, dominé par le tic-tac féroce de la pendule. C'est l'exil.

– Comment, tu ne dors pas ?

Ma mère feint de s'étonner. Pourtant, toutes les nuits, elle vient ainsi « me dire bonsoir » et me trouve éveillée. C'est à cause du carillon. À minuit, il se met à sonner comme un dingue, sans compter les heures, les demies, les quarts et le monstrueux, l'obsédant tic-tac. Tendue, je guette, je compte les dong ! dong ! dong ! et lorsque, enfin, il a lâché ses douze notes de tocsin, je m'endors, délivrée. Il paraît que je suis aussi un paquet de nerfs.

— Pourquoi t'obstines-tu à étendre le linge dehors ? demande Simon. Tu as un séchoir. Après, tu t'effondreras sur le canapé du salon en disant que tu as trop de travail…

— Tu ne fais pas la vaisselle à la machine ? s'étonne la voisine.

Et qui donc apportera dans la cuisine l'odeur des feuilles vives et du vent ? Les doubles fenêtres à guillotine s'ouvrent si parcimonieusement qu'elles réussissent à faire surgir en pleine chaleur le spectre des bourrasques de neige. Et puis je renonce au vrombissement des appareils, à l'obligation de les astiquer, au rôle ingrat de fournisseuse de linge ou de vaisselle pour ces gueules chromées. Je veux faire le travail moi-même et non pas seulement servir d'intermédiaire. Zut ! je ne suis pas à l'usine. Alors, si je veux flâner au soleil en rêvant d'un bateau-lavoir, si je veux, par le contact de la main, garder mes droits sur l'eau de vaisselle et y prendre mes mesures, qu'importe que je ne côtoie que des pyjamas et des assiettes ! Pour Justine qui crayonne à mes pieds, sa feuille de papier posée sur la moquette, pour Julien qui construit un bateau d'un lyrisme échevelé avec de petits cubes de matière plastique, je suis un spectacle. Je suis celle qui leur apporte un monde déchiffré, rassurant. Humain. Un monde sensuel dont les bruits, les odeurs, les couleurs, deviendront comme des personnages familiers capables de sympathie les uns envers les autres ; comme des amarres.

Lorsque le coiffeur de mon grand-père arrive, on pourrait le prendre pour un médecin : démarche pressée, serviette de cuir qu'il dépose sèchement sur le banc de l'entrée. Puis il entame une liturgie barbare, au rituel inquiétant pour mes neuf ans. Sur la table transformée en autel, il déploie avec des gestes solennels une serviette immaculée pour y déposer ses instruments, rasoir d'un éclat chirurgical, blaireau, bol à savon, grand aiguisoir de cuir, ciseaux variés, deux tondeuses. Il enfourne la moitié d'une seconde serviette dans le col de mon grand-père, avec une virtuosité que j'admire au passage, penche d'une main la tête du vieillard, saisit le rasoir de l'autre, et s'apprête à l'holocauste. C'est de loin le moment le plus intéressant. Pendant que le coiffeur concentre son attention sur le sacrifice, je m'approprie blaireau et bol pour les employer diligemment à mon usage personnel.

– Petite drogue ! marmonne grand-père, prisonnier sous la tondeuse.

Je suis une sale gamine. Les gens de Saint-Celse se souviennent d'avoir vu ma mère me suivre sur le chemin de l'école et ramasser au hasard d'un buisson ou d'un fossé le gilet qu'elle me forçait à emporter même dans la fournaise de juillet. « On ne sait jamais, disait-elle, le temps peut changer. Le soir, le fond de l'air est plus frais. » Je ne comprenais pas, alors, les attentions inquiètes qu'elle multipliait pour moi. Elle souvent absente et moi de santé capricieuse, c'étaient à nos retrouvailles hebdomadaires des assauts de prévenance qui m'étouffaient. Je refusais le repas qu'elle venait de mijoter pour moi, et c'est avec surprise que je la voyais pleurer. J'étais persuadée que ma mère ne m'aimait pas, puisqu'elle s'occupait de moi si peu souvent. Je mettais ses larmes sur le compte du dépit. À ses supplications, je répondais par un masque d'indifférence, cruelle sans le savoir, comme tous les enfants. Je me cuirassais contre la souffrance mais aussi contre la tendresse.

6

Le fleuve est encore comme un miroir très doux aux couleurs des moires anciennes. Le rose passé, presque immatériel, d'un poli vénitien, reflète dans son immobilité les buissons d'un vert compact. Au bord de l'autoroute, les brins d'herbe devenus transparents prennent un relief démesuré, tandis que la sinusoïde parfaite des lampadaires en enfilade meurt à l'horizon. Un par un, la voiture les absorbe avec un wouf! monotone. La sinusoïde se déplace sans heurt. Les structures métalliques du pont se découpent maintenant sur une brume toxique, que le soleil transfigure. Déjà les gratte-ciel se profilent avec une parfaite netteté au-dessus de la vapeur rose. Les transatlantiques sont au repos devant le port. La métropole s'enveloppe de grandiose et de pathétique, aura que mes oreilles complètent en jouant toutes seules la *Symphonie du Nouveau Monde*. Une émotion presque religieuse me saisit. C'est splendide. Pourquoi faut-il que la vapeur rose recèle tant de relents nauséabonds? L'autoroute devrait sombrer dans le ciel qui attend à l'horizon et s'anéantir au bout de l'infini avec les lampadaires, ignorant pour toujours la crasse des hommes, leurs crimes, leur vacarme, leurs fritures.

Au tournant de la rampe, on aperçoit des caches de roseaux pour la chasse au canard, dans la perspective desquelles les paquebots géants, superposés au plus audacieux profil de la cité, se transforment soudain en monstres préhistoriques. On s'attend, paradoxalement, à voir surgir l'homme-vêtu-de-peaux-de-bêtes pour mettre, par une lutte à mort gourdin contre attaché-case, les choses au point avec son confrère en complet-veston relativement à son domaine envahi et souillé. Le béton et l'acier d'un autre monde font soudain bon ménage avec les rivages vierges des découvreurs, offrant l'image trompeuse d'un modernisme bon enfant, qui n'aurait rien détruit.

J'imagine le couchant sur les courbes douces de la Côte, l'opulence des grappes prêtes à vendanger, les chants et les danses à la gloire du vin nouveau dont les nuages eux-mêmes se grisent. J'imagine Justine et Julien bondissant de leur balançoire en criant de joie à l'arrivée de la voiture, le linge à rentrer et à plier, le repas à préparer, à servir, la vaisselle, le bain des enfants, la lecture avec eux, la prière avec eux, les rites du coucher.

– Tu sais, maman, j'aimerais bien avoir... euh...

Julien cherche ce dont il pourrait bien avoir envie, les bras solidement fermés autour de mon cou.

– J'aimerais avoir un petit camion bleu et on pourrait ouvrir la porte, tu sais, comme dans le petit catanogue...

– Catalogue, Julien. C'est entendu, je chercherai. Mais pour aujourd'hui, c'est fini.

Chaque soir, Julien passe sa commande, sachant très bien qu'elle restera de pure convention. C'est un pont qui traverse la nuit.

Et puis, la maison rangée, le linge plié, raccommodé, repassé, les comptes et le courrier mis à jour, tout à l'extrémité de moi-même, j'ai rendez-vous avec les pages manuscrites.

– Quelqu'un vient de téléphoner, dit Simon. Il faut que tu retournes au laboratoire. Ce sera ouvert jusqu'à vingt heures trente. J'ai cru comprendre que quelqu'un s'est trompé dans un étiquetage.

Les pages manuscrites et les rites du coucher reculent jusqu'à la ligne d'horizon. Demain, peut-être ?

L'autoroute à rebours, noire. Le vent qui s'est levé jette à la lumière des phares des tourbillons de feuilles rousses. La pluie crépite sur le pare-brise. Le va-et-vient des essuie-glaces chantonne, imperturbable. La radio ânonne un tango grec, une véritable mélasse. À tâtons, je tourne le bouton. Après quelques crachotements, des sons convenables finissent par sortir du néant. Je connais la route par cœur. Suspendu hors du temps, hors de l'espace, par la seule obscurité, mon esprit retourne à Saint-Celse. Les taches de pluie doivent apparaître au plafond. J'espère que l'humidité ne pourrira pas les poutres comme à La Futaie, je crois que je ne pourrais pas vivre entre deux maisons fantômes alors que la réalité a un caractère si précaire.

La pauvreté, le délabrement, le vieillissement, l'inquiétude soudain me menacent. Les gouttes de pluie deviennent autant de doigts pointés, les Érinyes tourbillonnent devant les phares. Mon seul rempart, de verre et de tôle, peut se fracasser en moins d'une seconde. Mais de quoi m'accuse-t-on ? Je n'ai pas de sang sur les mains !

« Ah non ? » fait une toute petite voix, très loin. « Ah non, vraiment ? Est-ce une chose dont on peut être tout à fait certain ? Qui saura jamais ? » Cette vieille femme qui n'y voit plus très bien sans ses lunettes, les cheveux un peu plus clairsemés qu'autrefois, désemparée par tout changement... Ce vieil homme qu'alourdit une peine de cœur... Cette maison qui peu à peu les trahit... Ils sont alignés docilement comme pour un portrait, ou comme pour une exécution. Ils s'offrent au temps chargé d'inconnues, absolument libres d'une liberté devenue inutile.

Et la pluie noie la route, et la pluie élargit des ronds plus sombres sur le plâtre des plafonds, dans les chambres du haut. Deux vieillards seuls prennent leur repas du soir dans la cuisine. Ils parlent peu, d'une lettre qui n'est pas encore arrivée. Les cuillers font un bruit démesuré. La chaise que mon père tire résonne comme un tonnerre. Le froissement de pantoufles qui traînent décroît jusqu'au fond du couloir. Il reste à ma mère la vaisselle et la télévision. La télévision ou le silence.

La solitude gagne les bas-côtés de la route. Sous les réverbères, le fleuve fait alterner des plages lisses d'un éclat d'acier et, dans les courbes, un argent finement guilloché par le mouvement de l'eau. Tout dort, sous le ciel noir. De l'autre côté, la lumière livide tombe sur un chat écrasé, des maisons aveugles, deux carcasses d'autos brûlées, résidus de l'activité d'une grande ville carnivore. La route s'isole du fauve par une clôture et une large bande condamnée à rien. Pas d'arbres, pas d'auberges, pas de piétons, pas de croisements, pas même de virages. À peine, de loin en loin, les gigantesques pancartes à lettres blanches. Cette route n'est faite que pour rouler. À chaque chose sa fonction. C'est désolant.

Entre ma route et la vieillesse solitaire des parents, tout tient au mince fil d'une pensée. J'imagine la terre entièrement tissée de fils semblables, réseau serré de solitudes où l'on se ligote soi-même ; la terre couverte de mouches microscopiques à tous les stades de l'agonie. Et de chaque soubresaut peut naître la beauté, la révélation de la vie, ou à l'opposé la stupide mort de ceux qui n'ont pas eu le temps de comprendre.

L'estomac noué, je me sens pareille au soldat que l'on vient de dégrader. La vie aurait-elle arraché un à un tous mes petits rubans avant que je prenne garde à amasser quoi que ce soit pour l'avenir ? Il faut bien me rendre à l'évidence : je n'ai rien, que les images d'un bonheur simple. Irréel. Simon ? Les enfants ? Ce n'est donc rien ? Simon a poussé ici, et je suis une graine apportée par le vent. Les enfants… Pour moi aussi s'élaborent quelque part les soirs où je m'assoirai à la table d'une cuisine désertée, porte close sur la nuit. Ayant appris la fragilité des graines vagabondes, je me méfie du vent.

7

L'autobus freine devant la porte, dans un grincement de vieilles tôles. Justine en descend avec lenteur,
comme on descend d'un carrosse un jour de couronne-
ment. Du haut en bas, l'autobus tremble et cliquette de
hâte, mais Justine n'y prête pas la moindre attention et
prend tout le temps qu'il faut. Julien hurle de joie tandis que le monstre repart dans un nuage de poussière :
« Voilà Justine ! »

Julien se hâte de sortir du réfrigérateur le bifteck
préemballé, qu'avec impatience il attend de voir sauter
dans la poêle. Cela suffira, pour le moment. Tu ne te
souviens pas, Julien, des marchés où l'on crie et se bouscule, où flottent des relents de poisson et de pipi ; des
fleurs qui s'évertuent de parfum sous le soleil, des
volailles vivantes dans les paniers, des mouches, de la
vie. Mais un jour, j'en fais serment, Julien, je te les offri-
rai. Tu croiseras des mendiants, tu connaîtras la ver-
mine et la merde, tu sentiras la pourriture qui est issue
du vivant. Parce qu'on ne peut séparer la lumière de
l'ombre, tu t'émerveilleras aussi des chants nés de la joie
des gens simples, de l'odeur des oranges sur l'oranger,
de la poussière de la terre dont tu es fait. Le voile de cel-

lophane qui te cache le monde et toi-même, je le déchirerai. Je veux que tu saches chanter et pleurer, que tu éprouves le meilleur et le pire, que tu apprennes à risquer et à regarder la vérité en face. Je t'empêcherai de devenir un mort vivant. Tu t'ouvriras à tous les savoirs.

Là-bas, une petite fille court à travers la friche en sautant par-dessus les picots*. Les galoches à semelles de bois sonnent dur sur le sol gelé. L'herbe craque, tout emmoustachée de givre. Des toiles d'araignée s'élancent à l'abordage des derniers dahlias aux feuilles « friées* » par le gel. La petite fille s'arrête de temps à autre pour souffler un petit nuage d'haleine blanche, puis repart. On entend déjà la rumeur de l'école, de l'autre côté de la rue qui borde le champ.

D'autres gamins arrivent par petits groupes batailleurs, des filles aussi, qui chuchotent ou rient trop pointu. Elles ont leur nécessaire de couture à la main, les gamins se poussent du coude, mais la complicité perce sous la moquerie. Puis au coup de sifflet les rangs se forment, les derniers gloussements se figent et, dans un raclement de pieds domestiqués, chaque rang s'engouffre à son tour par la porte béante. Les garçons tournent à gauche, les filles à droite. Les classes font leur plein d'innocents qui projettent dans l'avenir leur image au présent.

À la sortie, les rangs piétinent encore sagement, mais la bousculade commence à la grille. Les groupes se refont et l'on continue, chemin faisant, les confidences ou les bagarres commencées à la récré. La petite fille

---

* Terme de patois bourguignon.

musarde un peu avec les autres puis file en zigzaguant à travers les touffes de ronces. La pellicule de glace qu'elle a fait craquer le matin sous son pied a disparu. Il ne reste que de petits ronds humides et, çà et là, quelques châtaignes oubliées. Pourvu qu'il n'y ait pas de bifteck à midi ! La petite fille déteste le bifteck. Dès le gros cerisier, elle sent la lessive. C'est vrai, on est mardi, madame Kirchmayer est venue laver. La petite fille a une peur bleue de madame Kirchmayer, gigantesque Alsacienne, au cœur d'or, dit maman, mais à la poigne rude et à la voix de stentor. C'est un cheval, dit papa, un cheval de remonte. Madame Kirchmayer devient plus redoutable encore de tous ces commentaires contradictoires. Mais aujourd'hui elle n'est là que pour la lessive. Elle n'emmènera pas la petite fille chez elle en attendant que maman rentre. La brosse de chiendent gratte les draps en un va-et-vient régulier, rassurant : Vulcain ne sortira pas de sa forge.

Dans la cour, la grosse lessiveuse noire siffle au-dessus du feu de bois. L'air vibre dans ce sillage sonore. De temps en temps, Vulcain va soulever le couvercle. Une vapeur bouillante s'élève, l'odeur du savon se répand, et l'Alsacienne remue son brouet du bout d'un bâton, avec une grimace d'haltérophile en plein effort. La petite fille, tapie contre l'escalier, observe sans bouger cette démonstration de force. Ainsi, jadis, Ulysse dut observer le Cyclope. Puis la bonne appelle : « Constance ! Ton bifteck va refroidir. Magne-toi ! »

Justine, arrivée à l'âge des souvenirs conscients, m'échappe. Son expérience à elle commence avec un autobus. J'ignorerai toujours le poids de son quotidien, comme j'ignore celui de ses rêves. À partir de maintenant, notre enfance commune est terminée. Injustement, j'en veux à l'Amérique d'exister. Je sais que même à Saint-Celse rien ne survit semblable à soi-même. Les véritables rides de la maison, c'est en mes yeux qu'il faut les chercher, puisqu'on ne voit dans les choses que ce qu'on est. L'enfant, au pouvoir d'évocation sans limites, prête au réel les dimensions dont ses constructions imaginaires ont besoin. Le plus modeste fond de cour peut acquérir ainsi beaucoup d'élasticité. Lorsque j'ai perdu ce pouvoir pour le céder à Justine, mon empire sur le monde s'est effondré et la cage s'est refermée sur moi. Je me suis débattue, avec courage et de manière totalement anarchique. Enfin, l'eau trouble est entrée en repos. Dans la révolte qui gît au fond comme une boue inerte, je sais que la vérité fermente, immortelle.

Est-il donné à l'enfant mort en nous de revivre, ou bien la vie n'est-elle que dépossession ?

Les choses meurent d'abord, lorsqu'elles s'estompent à nos yeux. Nous découvrons, trop tard, que ce que nous avons laissé mourir par indifférence est en réalité une partie de nous-mêmes. Quoi ? se dit-on, cette odeur de lessive, ces galoches à semelles de bois, cette salle de classe, c'était moi ? La mort commence là où cesse l'évidence. Si l'on se pose la question, c'est qu'on a expérimenté l'oubli, qui est reniement. C'est que le fil a été coupé. Aucune restauration ne lui rendra jamais son intégrité. Au long des ans, les cicatrices de cette sorte se multiplient, et l'on cesse de vivre longtemps avant de mourir, dès que le présent nous renvoie l'image d'un être méconnaissable qu'il faut bien continuer à appeler « moi ».

Le désir de préserver Justine par l'ombre de mon propre passé n'a rien de raisonnable. Cependant, l'instinct de conservation inspire à tous les parents la tentation de mettre leurs rejetons en l'abri de leurs propres traces, croyant ainsi effacer leurs erreurs et se reconstruire une jeunesse toute neuve. Tentation aussi de créer une sorte de paradis dont ils feront partie. Illusion qu'il est possible de partir du même point. Toi, Justine, tu effaceras aussi tes commencements, ton tour venu. Tu suivras d'instinct le même chemin, tu jalonneras ta route de cicatrices, et tu t'apercevras que cette route t'éloigne de toi-même. Alors, si tu en as le courage, tu te laisseras guider toi aussi par le mythe du cercle, tu reviendras vers le havre de ton enfance. Mais le temps ne l'aura pas épargné et tu sentiras ton cœur se serrer en constatant que l'âme de la rencontre s'est envolée.

Tout comme ce livre qui n'avance pas, parce qu'il faut sans cesse relire les pages abandonnées depuis trop longtemps, l'expérience humaine suit la même piste où chacun doit faire le même trajet que ceux qui l'ont précédé, sans guère pouvoir dépasser les limites qu'ils ont atteintes. Néanmoins, on ne peut tenir le monde que d'un autre, dont le rôle premier est de nous le léguer.

Cet été, j'ai initié Justine à la mer. Mais Justine ne le saura que beaucoup plus tard, peut-être jamais. Lorsqu'enfin on a trouvé sa vérité, lorsqu'enfin on a compris qu'elle était aussi la vérité universelle, le crierait-on sur les toits, nul ne l'entendra si elle ne vient d'abord de lui-même. Mais comment se reconnaître en autrui, si l'on ne se place au-delà du langage organisé et des structures ? Il n'existe qu'un pont. Un pont irrationnel, magique, fait de rites, de répétitions, de chants montés

74

aux lèvres. Un pont mobile, changeant, dont seul le constant réajustement exprime la permanence. À l'enfant, grand envoûteur, rien n'est impossible. Puis un jour vient la parole et, avec elle, le malentendu. Ayant oublié que la parole est redoutable, on ébouriffe son jabot de plumes pour séduire, on se leurre soi-même, on tient des discours d'opérette. En un mot, on cesse de communiquer.

L'autobus s'éloigne dans un nuage de poussière. Il ne va pas où tu crois, Justine. Mais cela, je ne peux pas te le dire. À chacun son mot de passe, qui ne peut servir qu'une fois, pour lui-même, vers la fin. Il va très loin, Justine, cet autobus. Il t'enlève à moi... et à toi-même. Et je n'y peux absolument rien.

Bientôt Julien aussi se mettra en route. Cependant, c'est d'un pas mâle qu'il s'éloignera. Je ne me sentirai pas, autant qu'en Justine, dépouillée de ma propre enfance.

Enfin, tout cheminement nous ramène à nous-mêmes après une longue, une irréparable absence. Toute la distance demeure à couvrir, mais il reste peu de temps. La seule justification possible, c'est peut-être d'avoir confié au hasard de quatre jeunes mains un très précieux flambeau.

8

Le téléphone sonne depuis près d'un siècle derrière une pyramide de pommes bien astiquées. Ce doit être tante Fausta qui tient à m'expliquer une fois de plus combien c'est beau dans la maison de madame Anderson, chez qui elle vient de séjourner.

Je songe aux tapis dépareillés et effilochés qui couvrent nos planchers de Plessis, au bric-à-brac de meubles et de bibelots dont nous sommes dépositaires, aux rideaux que nous ont laissés les précédents propriétaires, à ma garde-robe fatiguée, aux costumes que Simon portait déjà durant ses années de collège, au raccommodage sans fin qui condamne mes soirées, à nos dimanches laborieux. Je songe à des maisons amies, dont le décor habituel ferait sans doute se pâmer d'admiration tante Fausta. Je songe que, en un temps probablement rêvé, je trouvais cela aussi normal que le pain quotidien. Saturée d'achats qui ne me concernent pas, j'éprouve le besoin impérieux de ne pas répondre. Mais la sonnerie s'obstine, vrille le silence. *Alea jacta est !* Je décroche. Ce n'est pas tante Fausta.

— Gisèle ! Il y a une éternité que je n'ai eu de tes nouvelles !

Gisèle tenait à m'annoncer de vive voix la naissance de son fils Ludovic. Loin d'aspirer à une tranche de vie familiale avec ses quatre marmots, elle projette de retourner aussitôt que possible à ses activités, fort accaparantes, de décoratrice. Gisèle, qui travaille par passion pour son métier, et moi, qui travaille parce que Simon ne peut pas compter sur des revenus réguliers, nous taquinons régulièrement sur le thème « mère au travail ». Je ne résiste pas au plaisir de la provoquer.

— Comment, ne manquant pas d'argent, peux-tu laisser tes quatre petites merveilles en pleine éclosion aux mains d'une gardienne, pour aller décorer les salons de douairières qui n'ont plus rien à attendre de l'existence ? Tu préfères l'empaillé au vivant ?

Gisèle rit, pas choquée du tout.

— Tu es sûre que tu ne viens pas de relire le journal intime de ton arrière-grand-mère ?

— Tu devrais entendre les conversations de mes nièces : elles en reviennent, de la superwoman ! Je suis bien moins rétrograde que tu le crois. D'ailleurs, il suffit de persévérer assez longtemps dans l'anachronisme pour se trouver à l'avant-garde ! Mais surtout, ma mère était une femme de carrière, comme toi. Je n'ai manqué de rien… sauf de mère. J'imagine fort bien Ludovic en orphelin de luxe.

— Alors selon toi, il n'y a qu'une solution. Le repos du guerrier, la femme aux casseroles, le pain fait à la maison, et ainsi de suite…

— Si c'est un choix, pourquoi pas ? Madame conduit des locomotives, pendant que monsieur, pilotant la poussette, part à la chasse aux salades en réclame. Et en rentrant, que fait-elle ? Elle redevient la femme aux casseroles. En plus. Mais cela ne l'empêche pas de rester le repos du guerrier. En avant les séances d'aérobic et la chirurgie pour effacer les traces des deux autres emplois !

Gisèle rit, tant la charge lui paraît grossière.

— Vraiment, tu me vois, dans une cuisine, mitonnant et astiquant en attendant le retour de mon héros plein de cambouis ?

C'est à mon tour de rire en imaginant Gisèle dans cette improbable scène.

— J'aime bien que tu m'engueules, ça me rajeunit, mais il est tard. Simon doit chronométrer. Venez quand vous voudrez. Vous ferez la connaissance de ma dernière petite victime.

— C'est instructif, lance Simon, mi-figue, mi-raisin.

— Certainement. Et je te défends bien d'essayer d'en profiter, toi qui trouves normal, par exemple, que je consacre des heures à mes ouvrages de souillon après ma journée au collège, tandis que tu travailles tranquillement à ce qui te convient. Si je ne peux écrire que la nuit, quelle importance ? Ce n'est qu'une distraction, n'est-ce pas ?

— Mais tu m'agresses ! Il y a des tas de corvées que tu pourrais t'éviter. Pourquoi te donner tant de mal pour rien ?

— Pas pour rien. Pour donner un sens au temps, à la vie.

— Alors, en faisant la vaisselle à la main, tu espères sauver la race humaine ? J'entends déjà les incantations…

— Justement ! Quand on répète cent fois à un enfant qui pleure : « Là, c'est fini, là, là, c'est fini », est-ce qu'on fait de la dialectique hégélienne ? On retrouve tout simplement une longueur d'onde instinctive, dont le pouvoir dépasse de loin celui du mercurochrome et de la teinture d'iode. La publicité et les religions l'ont très bien compris. Regarde la débandade dans l'Église depuis qu'elle ne berce plus les malheureux. Et ton théâtre, ce n'est pas de l'incantation ? On remplit les asiles avec des gens qui n'ont pas assez de cette sorte de communication.

    – Pas d'erreur, il devrait y avoir des femmes curés.

    Simon rit, moi aussi.

9

— Si on allait voir tante Fausta ? Il y a longtemps que nous ne lui avons pas rendu visite.

Flash sur les allées bordées de buis, le salon hermétiquement fermé, le pèlerinage annuel au cimetière qui sent la feuille morte mouillée. Je panique.

— Il fait si beau ! On ne pourrait pas aller cueillir des pommes et passer chez tante Fausta en revenant ? Elle aurait de quoi se faire des compotes.

— Tu sais bien qu'elle n'aime pas qu'on passe à la sauvette. Elle tient à nous avoir à sa merci tout l'après-midi, à nous installer dans un fauteuil, à nous bourrer de gâteau et à nous raconter par le menu toutes les nouvelles de la famille depuis la Genèse. Mais elle a tant fait pour nous...

Va pour la reconnaissance. Et puis Simon aime retrouver le cadre de son enfance, la chaleur d'un amour aussi inconditionnel et sans doute plus jaloux que celui de sa véritable mère, si elle avait vécu. Il est bien normal que les visites à tante Fausta, malgré leur caractère étouffant, lui apparaissent comme des moments heureux, dont je ne me reconnais pas le droit de le priver. Mais pour moi, quelle épreuve !

J'emmitoufle Justine et Julien et saute sur le sac de voyage où, avec la rapidité due à une longue pratique, je jette des jouets, des livres d'images, une culotte « en cas » et deux couvertures pour qu'ils puissent dormir sans déranger l'ordonnance des lits chez tante Fausta. Au retour, l'opération inverse se déroulera, accélérée par la nécessité de préparer un repas, un bain, un pyjama pour chacun, sous la pression des appétits décuplés par l'attente plus longue qu'à l'ordinaire, des cris de fatigue et d'exaspération.

Enfance à fleur de peau, gorge nouée, je m'installe à côté de Simon qui préfère conduire. Le fleuve a pris le même gris laiteux que le ciel, de sorte que seule la mince ligne noire des îles l'identifie. Je me rappelle une couleur semblable un soir de fin d'été sur le Zuiderzee. La barque glissait en frôlant les joncs dans un bruissement de tissu froissé. La mer absolument étale s'ouvrait sur l'éternité et le vieux passeur, malgré ses rides, une main à la rame et l'autre à sa pipe, ressemblait par sa tranquillité à l'eau sans plis. Cette scène ne s'est jamais enlisée dans ma mémoire. Elle m'a peut-être sauvée de la tentation du néant. Résumé de l'infini où toute empreinte reste possible, et d'une humanité chaleureuse, elle s'est prolongée en moi par des évocations de poêles en faïence bleu et blanc, d'eau dormante où les maisons de Delft se mirent sans même un frisson, de sabots sonnant sur la terre gelée, de moulins noirs alignés sur le ciel gris, de grands navires, de calme ordonnance et de plantureux confort.

Le fleuve ranime les images toujours prêtes à surgir, d'une sérénité que je consentirais volontiers à lui transférer, mais aussi, comme une douleur sourde, la menace du salon trop connu. Je ne suis plus la voyageuse sans attaches, libre de n'imaginer que les charmes du pays. Je suis l'esclave que ramène un bateau. C'est la même Hollande, mais combien plus amère…

Une rage fugitive de malade qui veut jeter loin de lui ses draps et ses pilules me soulève. Mais à quoi bon ? J'ai cessé de me débattre et de me faire mal. Un vague goût de nausée me rappelle que j'ai, comme tant d'autres, renoncé à moi-même pour la commodité du quotidien. Justine et Julien n'ont que faire d'une mère à états d'âme et Simon pense avec raison que tout cela finira par passer. Seulement, c'est quelqu'un d'autre qui est assis là, à la droite du conducteur. Quelqu'un que je ne connais pas encore et avec qui, de prime abord, je ne sympathise pas beaucoup. Quelqu'un qui a laissé deux vieillards seuls dans une cuisine, pour aller au bout du monde rendre visite à ses fantasmes les plus redoutés, par l'intermédiaire de tante Fausta.

Que suis-je venue faire ici ? Je n'y vois pas ma place. J'ai trahi liberté, choix et principes, enfants aussi, à qui j'offre ce à quoi je ne crois pas. Tout trahi, sauf Simon qui n'en a cure. Je suis ici pour maintenir contre vents et marées la seule cohérence qui me reste : le lien, voulu par Constance entre Simon et moi, que même une autre Constance n'a pas le droit de défaire, pour la bonne raison que ce serait inutile.

– Tu rumines de sombres pensées ?

– Assez…

– C'est pourtant toi qui as choisi de venir t'installer ici.

– Et on ne peut pas se tromper dans ses choix, n'est-ce pas ? Je le sais bien, qu'il faut assumer jusqu'au bout même ses plus grandes erreurs, même les essais qui se referment sur soi comme des pièges. Et qu'il faut, en définitive, en crever. Et que ça prend du temps. Ce que j'ai du mal à accepter, c'est d'en faire subir les conséquences aux autres.

— Quels autres ?

— Mes parents, tout seuls à Saint-Celse, les enfants que je prive de leur complicité avec leurs grands-parents...

— Tante Fausta est comme une grand-mère pour eux !

— Ce n'est pas pareil. Tante Fausta n'a pas eu de tout petits à elle. Elle les considère un peu comme des marionnettes auxquelles on pourrait parler pour s'adresser aux parents. « Tu vois, je suis toute seule, je suis bien triste. Il faut venir voir tante Fausta plus souvent. Tu ne veux pas que tante Fausta ait le cœur malade de peine, n'est-ce pas ? » Bien sûr, qu'ils ne veulent pas ! Comment peut-elle se livrer à un tel chantage ?

Simon freine brusquement. Les enfants se réveillent. Nous sommes devant le perron de la maison. Tante Fausta, qui a l'ouïe fine, nous attend déjà derrière la porte entrebâillée. Aussitôt le seuil franchi, nous sommes happés, déshabillés, embrassés, congratulés, propulsés au salon. Les sacs et les manteaux sont prestement enfouis dans les garde-robes. Tante Fausta a immédiatement fait de nous des hôtes aussi installés que si nous n'avions jamais quitté sa demeure. Installé aussi, l'inévitable malaise au creux de l'estomac, qui apparaît dès que l'on nous traite, Simon ou moi, en propriétaires.

Plus qu'installés, nous voilà bouclés. Tante Fausta, mariée trop jeune à un homme de trente ans son aîné et de surcroît fort jaloux, ne parvient pas à dissocier amour et séquestration. Malgré les bonnes intentions de tante Fausta et mes propres efforts, je ne supporte qu'à faible dose cette forme d'affection. Tante Fausta, elle, perçoit ma réserve, redoublant d'avances pour me bien ligoter.

— Imaginez-vous que je suis rentrée hier seulement de chez madame Anderson. J'ai eu toutes sortes de choses à mettre en ordre, sans quoi je vous aurais appelés aussitôt. Mais je voulais que la maison soit un peu plus présentable, et avoir le temps de cuisiner un peu. Vous allez goûter à mon gâteau !

Avec tante Fausta, il ne sert à rien de protester, puisqu'on finit de toute façon avec une assiette sur les genoux, assiette débordant d'une considérable part de gâteau à la vanille, qu'il faut bien se garder de finir si l'on ne veut pas se voir gratifier d'une seconde tranche. Ce gâteau, c'est l'expression de l'amour exclusif de tante Fausta pour sa nichée, le substitut du cordon ombilical. C'est également ainsi que le reçoivent Simon et ses frères. Le rituel du gâteau relève plus de la communion mystique que de la fonction alimentaire.

— Maître Anderson et madame ont fait un très beau voyage, vous savez. Ils ont visité les Antilles, une croisière magnifique. Ils sont descendus dans les meilleurs hôtels, et ils ont eu un temps superbe. Évidemment, quand on ne regarde pas à la dépense… Songez que leur fille Laura…

Hypnotisée par le va-et-vient du fauteuil à bascule et par le verbe ininterrompu de tante Fausta, je n'avais pas remarqué l'absence anormale de Justine et de Julien.

– Vous permettez, tante Fausta ? Il faut que j'aille voir si les enfants ne font pas de sottises.

Je les trouve dans la salle de couture, assis par terre dans un fouillis de bobines, de boutons, de fils mêlés. Julien enroule avec une concentration presque religieuse un ruban à mesurer qui lui échappe après quelques tours. Patient, il recommence. Justine édifie des pyramides de bobines multicolores. La porte de la cage est ouverte et le canari, qui n'en croit pas sa bonne étoile, a fait une escale prudente sur le crucifix suspendu au-dessus de la porte. À mon entrée, il s'envole en direction de la tringle du rideau. Le crucifix se balance un instant puis s'immobilise de guingois. Je balance également entre le fou rire et la consternation. Tante Fausta est déjà sur les lieux, deux assiettes à la main.

– Venez manger du gâteau. Constance, vous allez en reprendre. Allons, ce n'est rien, mais il faut remettre Sibémol dans sa cage. Vous êtes de petits polissons ! Il ne faudra plus toucher à l'oiseau, c'est bien compris ?

Justine, dont la sensibilité passe par des voies imprévisibles, se met à suffoquer de larmes.

– Je l'ai pas touché, l'oiseau. Je voulais juste lui ouvrir un petit peu sa porte pour pas qu'y soit tellement enfermé. Puis j'avais bien fermé la porte de la chambre !

Justine sanglote. Julien n'a pas lâché son ruban. Tante Fausta s'affaire à ramasser les bobines et Simon donne la chasse au canari. Il ne manque plus que les Marx Brothers. Tout en consolant Justine (là, là, mon petit, c'est fini), je constate que je pleurerais volontiers aussi à ce spectacle loufoque.

Tante Fausta a déjà repris son monologue.

– Venez, ma chère, j'arrangerai tout cela plus tard. Cette semaine, il faudra que je lave mes rideaux de salon, et Simon devrait bien venir poser les doubles fenêtres. C'est trop difficile pour moi, maintenant. Vous viendrez aussi, nous dînerons ensemble. Regardez comme mes fauteuils ont été bien restaurés. J'ai trouvé un rembourreur merveilleux. J'ai aussi fait recouvrir une chaise ancienne avec le même tissu, mais en rouge. Venez, je vais vous la montrer.

Julien vient justement d'apparaître et escalade la chaise tout de neuf revêtue. Je suis obligée de le gronder. Il se réfugie dans le salon, où le sofa devient une piste pour sa petite voiture à friction. Je bondis. Sagement, Julien opte alors pour le tapis chinois. Nouvelle interdiction. Déçu, il décide de se consacrer à la musique et se dirige vers le Steinway au vernis intouchable. On ne touche pas non plus aux roses de soie, au petit chien en porcelaine, au plat de noix sur la table basse. Compréhensive, tante Fausta allume le téléviseur : c'est un match de hockey. Simon qui en a fini avec le canari s'installe à même le tapis avec les enfants. Me voici pieds et poings liés, à la merci de tante Fausta.

– Et je me suis finalement décidée pour une robe bleu marine. Je l'ai payée vraiment cher mais je ne le regrette pas. À mon âge, il faut porter des vêtements de bonne coupe. Vous ne croyez pas ?

– Certainement.

– Ah, tenez, la lettre de l'oncle Jean-François ! Il y a un an que je n'avais eu de ses nouvelles, et voilà qu'il m'écrit. Oh, des banalités. Que voulez-vous ? Il est tout seul, il ne pense guère qu'à lui. Il ne demande même pas des nouvelles de ses cousins.

Justine, pouce dans la bouche, l'air misérable, s'accroche à ma robe.

— Quand est-ce qu'on s'en va ? Est-ce qu'on a fini, maman ?

— Chut ! Attends un peu.

— Et là, c'est lui quand il avait onze ans.

Tante Fausta désigne un visage flou sur une photographie d'un sépia délavé. On n'en distingue plus bien les traits, ce qui pour moi ne fait aucune différence. Des cris parviennent du salon, mêlés au commentaire du match de hockey. Justine a dû agacer son frère pour se créer une occupation.

— Et là, devinez un peu, c'est moi au baptême de Fabien. Ah, cela vous fait rire, n'est-ce pas ? Attendez, je vais vous en montrer d'autres.

Je n'ai pas la moindre envie de rire. Les vociférations prennent de l'ampleur et je sens la rage me monter à la gorge.

— Donnez-moi un instant, tante Fausta. Je vais coucher les enfants, sinon ils vont être insupportables.

— Bien sûr ! Voulez-vous des couvertures ? Ils vont manger un peu de gâteau, avant de faire la sieste.

Tante Fausta, impitoyable de générosité, tranche déjà de larges portions. Le tac ! autoritaire du couteau atteignant le plat me retourne l'estomac. Simon, entièrement absorbé par ce qui se passe sur la patinoire, grogne : « m'ci » et prend possession de son assiette d'une main que seule l'habitude semble guider. Les enfants s'agitent. C'en est trop. Mes mains se glacent. C'est ridicule, je ne vais tout de même pas pleurer !

— Excusez-moi, tante Fausta, je ne me sens pas très bien…

— Pauvre petite, et moi qui ne m'apercevais de rien ! Je suis sûre que vous êtes enceinte. Venez vite vous allonger. Je vais rester près de vous : nous bavarderons, cela vous distraira.

— Ce n'est rien du tout. Je vais simplement me reposer un peu en même temps que les enfants.

— Comme vous voudrez. Mais si vous souhaitez que je reste, vous n'avez qu'à me le dire. Simon regarde le hockey, alors il n'a pas besoin de moi !

Pauvre tante Fausta, qui ne soupçonne pas combien sa sollicitude peut devenir étouffante ! Pour l'instant, je mobilise toute l'énergie qui me reste pour me retenir de la descendre en flammes. J'englobe dans une même et absurde haine tante Fausta, Simon, le hockey, la maison où la chambre m'apparaît comme une de ces cellules capitonnées où l'on enferme de force les agités. Et c'est encore contre la tendresse à contretemps de ma mère que je me débats.

À grands battements de cœur désordonnés, la tête sonnante, l'estomac noué, j'imagine Simon mangeant paisiblement sa part de gâteau devant la patinoire télévisée, les enfants momentanément neutralisés par un illustré. Dehors, un soleil glacial a nettoyé le ciel et le bleu le plus pur emplit la fenêtre… hermétiquement fermée. C'est décidé, je l'ouvre, je saute dehors, je prends un taxi pour rentrer. Je ne resterai pas une minute de plus. Mais mes bottes sont encore dans le vestibule d'entrée : je ne peux pas partir pieds nus. Or, si je vais chercher mes bottes, tante Fausta me verra passer devant le salon et, non, vraiment, je ne me sens pas capable de me prêter encore à sa conversation. À bout de nerfs, je m'allonge sur le divan mais je ne parviens pas à me détendre. La colère bout en moi, des rêves explosifs m'habitent. De stupides rêves de petite fille punie. Comme un poisson hors de l'eau, comme un insecte qui se cogne à la vitre, je mène un combat anarchique contre la chimère, je refuse de croire à la réalité. C'est un cauchemar poussiéreux, cela va finir, il est impensable que cela ne finisse pas !

Simon justement vient de ce côté.

– Qu'est-ce qu'il y a ? Tu ne te sens pas bien ?

Simon sait bien ce qui ne va pas. Il n'ignore pas que je suis allergique à ces après-midi de velours et de pâtisserie. Je ne suis pas faite pour jouer la Dame aux camélias. Mais tante Fausta, qui a élevé Simon et ses frères comme ses propres enfants, se sentirait lésée si nous passions un dimanche sans lui rendre visite. Simon, lui, ne peut imaginer de mécontenter tante Fausta. D'ailleurs, nos moyens ne nous permettent pas les évasions qui paraissent normales à tant d'autres.

– Simon, allons-nous-en ! Tu m'avais promis que nous ne resterions pas longtemps. Je n'en peux plus.

– On s'en ira dès la fin du match. Il n'y en a plus que pour une petite demi-heure.

– Ah, non !

La rage me soulève de nouveau. Cette fois, c'est une lame de fond, contre laquelle mes barrages les plus désespérés ne peuvent rien. Je ramasse manteaux et bottes. En un tournemain, j'ai habillé Julien pendant que Justine, qui n'attendait que cet instant depuis notre arrivée, s'escrime déjà sur la fermeture éclair de son anorak.

– Reste si tu veux, moi j'en ai assez !

Tante Fausta, scandalisée, n'en revient pas. Je vois ses lèvres se pincer mais elle se retient de répondre à l'outrage. Je n'ai pas le beau rôle, ah ! non. Je me suis conduite en irresponsable. J'ai souffleté la bienfaitrice, insulté les dieux lares, piétiné la plus élémentaire bienséance. Mon ardoise est chargée, mais je m'en moque. Ah ! comme je me sens bien ! Délivrée. Je n'ai pas l'ombre d'un remords.

Le lendemain, je téléphone à tante Fausta pour m'excuser. Fatigue. Crise de nerfs. Inqualifiable. Tante Fausta, magnanime, comprend, pardonne et nous invite à dîner avec elle jeudi. Simon est rayonnant. C'est à mon tour de soupirer.

Là-bas, un océan plus loin, une main ridée éteint la lumière dans la cuisine. Un pas fatigué décline dans le couloir. Le lit craque sous le poids du corps et le silence, par vagues sournoises, envahit l'obscurité. « Encore un dimanche de passé », soupiraient autrefois mes parents après le départ des invités. La remise en ordre des chaises, de la vaisselle, du linge, se colorait de méditation, sans aller toutefois jusqu'à la tristesse. Dimanche prochain, la grande salle à manger renaîtrait à l'animation de la musique, des voix, du cliquetis des couverts. Dès lundi, la grosse voix de madame Jeanne, servante bourrue et dévouée comme un chien de garde, retentirait, avec son accent auvergnat. L'aspirateur, les coups de torchon, la chasse au chat, les draps secoués à la fenêtre, la cocotte en fonte extraite du placard dans une débandade de couvercles repousseraient le silence jusqu'au petit grenier sous le toit. Même là, il ne serait pas à l'abri d'une incursion intempestive de madame Jeanne ou d'un enfant.

Les yeux fermés, je vois cette même salle à manger plongée dans la pénombre jusqu'à notre retour, caveau des échos morts. Les parents, seuls survivants, baissent la voix sans même s'en rendre compte, pour ne pas effaroucher les souvenirs emmurés là, tout près. Je n'aurais qu'à tendre la main pour ouvrir cette porte, illuminer le lustre, faire tournoyer polkas et valses dans la rumeur des rires, offrir cristaux et argenterie aux parfums d'une nuit tiède. Je n'aurais qu'à tendre la main pour que le fantôme s'évanouisse, pour retrouver le cuir décoloré des chaises, la grande table nue, les photos d'un été fossilisé, l'odeur d'absence et la pénombre. Il faudrait faire quelque chose : je sens, dans ma chair, les murs dépérir. Un jour, ils ressembleront à ceux de La Futaie et je ne pourrai plus m'en approcher sans répulsion. Il est si vite trop tard ! Le temps presse.

10

Le ciel gris fer, le fleuve gris fer. Le ciel blanc, le fleuve blanc. Ça y est, il neige. Il va neiger, neiger, au long des mois, jusqu'au printemps fulgurant, exempt de douceur. Paradoxale, la première neige tombe comme une caresse, calme toutes choses de son silence méditatif, efface les limites, universalise, pacifie.

Les enfants, fous de joie, arrachent des placards leurs costumes d'hiver qui les font ressembler à des cosmonautes, se dépêchent tant qu'ils passent les bras dans les jambes de pantalons, enfoncent leurs pieds dans les capuchons, se fâchent et, évidemment, appellent au secours.

— Maman, aide-moi vite ! J'ai tout mélangé !

— Moi d'abord, moi d'abord ! glapit Julien, rouge d'excitation.

— Justine, n'oublie pas le pain pour les oiseaux !

Le regard noir de rancune et d'envie, Julien crâne.

— Pfou ! Si tu crois que ça m'intéresse de donner à manger aux oiseaux… C'est rien que bon pour les filles, ça !

— D'abord, puisque tu restes là, tu n'as pas besoin de ronchonner.

Ayant conclu dans la dignité, Justine exécute une sortie majestueuse et Julien, qui a trop préjugé de son héroïsme, fond en larmes à l'instant même où la porte se referme sur sa sœur. Il serait cependant prématuré de l'envoyer la rejoindre. Julien a la fierté chatouilleuse. Justine, consciente de l'importance que lui confèrent son anniversaire tout proche, sa dent qui bouge et ses départs quotidiens en autobus, joue volontiers les mères supérieures sous le regard attendri de Simon, tandis que le mâle, le chef, se rebiffent en Julien. Dehors l'enjeu, qui est pour Julien l'admiration de maman, disparaît au second plan, derrière la fenêtre de la cuisine, et la paix revient.

– Tu viens pelleter avec moi, Julien ?

Julien rit, exulte, se transforme en moulin à vent pour entrer plus vite dans son emballage d'esquimau. En une seconde il a oublié tous ses griefs. Il est devenu le bras droit du patron. Pelle en main, il s'éloigne d'un pas martial.

Les deux silhouettes se rapprochent, s'éloignent, se rapprochent encore, multiplient les gambades et les courbettes. Des cris de joie d'une blancheur éclatante s'éparpillent avec les flocons encore vierges. Le présent appartient à un passé mille fois vécu : le temps aussi a des fenêtres, et le recul qu'elles procurent complète celui qui existe entre cuisine et jardin.

Tout à l'heure ils vont rentrer, les joues rouges et les yeux brillants, émerveillés d'une expérience unique, à nulle autre pareille. La neige en leurs esprits neufs aura laissé des empreintes semblables à la trace de leurs propres pas sur le sol immaculé. D'autres pas viendront embrouiller le message, d'autres neiges l'effacer, mais aucun printemps n'en pourra tout à fait anéantir la saveur. Rien ne s'oublie et sans doute est-ce bien ainsi. Les arrière-petits-enfants de ceux qui déversaient, à l'aube du chantier, la terre des remblais, ont les premiers vu les cathédrales. Les enfants eux-mêmes, saccageurs de ces idées fugitives qui s'élèvent tout à coup, irisées, fragiles, et crèvent comme des bulles sous les rires et les pourquoi, sont aussi l'eau juvénile qui sourd des profondeurs pour renouveler le courant.

Tandis que je repasse avec Justine sur mes propres sentiers, puis avec Julien sur ceux de Justine, tout ce que je n'avais pas même songé à soupçonner au premier passage apparaît, délogé de l'évidence par leur regard neuf, sous un jour troublant. Comme si leurs yeux, devenus phares, fouillaient la pénombre de mes ultimes refuges, mettaient à nu des trésors cachés comme des hontes, débusquaient mes alibis. Ainsi crûment éclairées, les douceurs et les épines de ma propre enfance révèlent des poisons que je me celais et que je n'aurais pas, alors, aperçus sans dommage. La vérité doit être un tout petit chemin tendu au bord d'un vide absolument noir. Sur ce chemin, il est douloureux, lorsqu'on en sait les embûches, de voir passer des êtres à la fois vulnérables et ignorants du danger. Mais cette innocence même constitue leur armure. Comment, du reste, se soustraire au risque sans renoncer à vivre ?

Pour ne l'avoir pas connue en une vie où je n'étais pas présente, comment aurais-je deviné qu'il existait pour ma mère un autre univers que celui qui tournait autour de moi ? J'envahissais sans vergogne. Ce qui était à mes parents était aussi à moi, sans le moindre doute. Je ne me posais même pas la question. Alors ses mouvements d'impatience me blessaient à vif. J'en accusais mes maladresses, je me croyais affligée de disgrâces que j'étais la seule à ne pas voir. Je guettais des signes d'indifférence, et ses témoignages d'amour m'accablaient comme le poids d'un sacrifice. Bref, il me semblait n'être pas tout à fait la bienvenue. J'exigeais ma part avec d'autant plus d'âpreté qu'elle m'était mesurée, tout en lui trouvant un goût fort amer. Les miettes d'estime que m'accordaient parfois les bonnes me pesaient moins, car je les avais conquises de haute lutte. J'en éprouvais même une certaine fierté. J'acceptais aussi de bonne grâce l'affection de madame Caltosperra, laquelle ne pouvait être suspectée de s'acquitter uniquement d'un devoir. Quant à madame Kirchmayer, elle ne me pardonnait pas d'avoir flairé dans ses rares crises de gentillesse une compensation vaguement pathologique à son besoin de maternité. En comparaison, les marques de tendresse de ma mère devenaient une aumône plutôt humiliante. Pour les autres, j'existais de façon incontestable, au même titre que le bahut ou le cerisier. Pour ma mère, il y avait eu un « avant-moi » contre lequel je m'insurgeais sans le savoir. Elle aussi avait mauvaise conscience, ce qui teintait nos relations d'une impalpable ambiguïté dont je m'angoissais jusqu'aux os.

Cependant, tout cela tissait un cadre dont l'inconfort ne m'atteignait qu'en de rares occasions. Tout paraît normal, à cet âge. Normales aussi, les journées que madame Kirchmayer passait à frotter des draps immenses, faits d'une toile rêche alourdie par le trempage, normaux l'eau froide et le savon noir qui écorchent les mains, normales la crasse et la morve d'autrui. J'y songe aujourd'hui seulement, alors que je brosse à grand-peine la minuscule descente de bain et que je tourne le bouton de la machine à laver. Normal que toujours un domestique s'interpose entre toute sale besogne et moi. Normal d'être un objet d'envie pour les petites copines. Je n'y attachais aucune importance. J'avais d'ailleurs moi aussi sujet de les envier.

Aller chez les autres me fascinait, parce qu'ils avaient une mère, toujours pareille à elle-même, qui n'était pas « habillée pour sortir », qui n'arrivait pas après eux à la maison, qui ne se hâtait pas, qui cuisinait de longues recettes compliquées et même permettait que l'on mît la main à la pâte. Une mère qui ne faisait qu'un avec la maison. Pour moi, au contraire, la maison constituait le seul point fixe, le seul repère à m'attendre, mais à la façon d'une coquille vide. Je pouvais tout de même, assurée de mes arrières, m'offrir plus que d'autres le luxe de vagabonder. Chez l'un je recevais une gigantesque tartine coupée en travers de la miche ronde, l'autre tricotait pour moi une robe de poupée, ailleurs on me permettait de goûter aux délices du jeu de construction jugé trop masculin par mes parents, ou du train électrique, quand ce n'était pas des outils de menuisier. J'observais des mères pâtissières, confiturières, des pères cordonniers ou marchands de bois. L'assemblage des morceaux, au gré de l'imagination, me procurait un substitut de famille « comme tout le monde » qui parvenait à combler mes besoins d'identité tout en garantissant ma complète liberté.

Toutes ces choses s'insérant dans une routine structurée par l'école, les dimanches à vêpres et autres rigidités, assez d'obligations demeuraient pour que je puisse me sentir membre à part entière d'une société normale. Cela me dispensait d'y réfléchir davantage.

Et voici que je deviens à la fois une mère-à-la-maison et une mère-qui-travaille. Quelle image peuvent bien percevoir de moi Justine et Julien, eux qui n'ont pas de domestiques, pas de grand-père invalide, pas de vagabondage pour cristalliser leurs déconvenues ? Même avec toute la politesse dont ils sont capables, ils arrivent en trombe, s'installent, exigent toute l'attention, règnent en maîtres de droit divin sur tout ce que Simon et Constance ont seuls élaboré, perçoivent le moindre fléchissement de notre zèle et trouvent peut-être l'ambiance ambiguë.

J'ai présenté la mer aux enfants, nous continuons à lire avec eux le monde, mais j'ai l'impression, certains jours, qu'ils n'en ont nul besoin ; qu'au contraire il leur appartient de droit, entièrement donné par la seule naissance. S'il en est ainsi, notre rôle de parents, à Simon et à moi, est déjà rempli. La conception de Justine fut notre véritable testament d'individus. La brèche étant faite, il y aurait place pour d'autres petits Granville. Mais la société ne l'entend pas ainsi. Constance et Simon se sentent parfois curieusement désœuvrés. Et si Gisèle avait raison ?

Simon, saupoudré de blanc, escorté d'un raclement de pelle, entre dans un sillage d'air glacial.

– Qu'est-ce qu'on mange, à midi ? J'ai une de ces faims !

– Maman, on a faim ! reprennent en chœur les petits Granville.

Je ris, oubliant que, pour satisfaire à ces estomacs impérieux, j'ai dû m'interrompre une fois de plus au milieu d'une phrase.

11

Les rideaux à fleurs m'horripilent. Il faudrait un voile uni et des doubles rideaux de couleur vive. Ce salon est mortel avec tout ce brun et tout ce gris, et ces ridicules petites fleurs roses, cousues par-dessus le marché. Que n'ai-je un budget d'ameublement pour éliminer le fatras légué par les anciens occupants de la maison ? Le vieux papier peint jaunâtre, celui du bureau, à rayures roses fanées… décidément ! Et les meubles hétéroclites, sans âge ni style ou plutôt, comme dit Simon, de style canonique. J'entends encore la voix de mon père : « Le faux est toujours laid. » Constamment à la recherche de l'objet rare, peuplant la maison de meubles de style, il a dû me transmettre son dégoût pour la médiocrité. Et pourtant…

J'observe l'environnement. À court de ressources, je m'apprête à écrire, mais la répugnance m'envahit. Une résistance sourde qui, jusqu'à cet instant, trouvait refuge dans les rideaux à fleurs. Les enfants dorment. Le silence a quelque chose d'hostile. J'aurais le droit de fuir dans un bon livre, ou d'allumer le téléviseur, ou de sortir respirer l'air vif. À quoi rime cette contrainte librement consentie de rester là, devant ce bureau ? Je n'ai pas tant de loisirs, pourtant. Mais je sais aussi que si je ne m'efforce d'écrire à ce moment précis, je ne le pourrai plus avant demain. Et si par aventure, demain, un événement imprévu, un enfant trop tôt éveillé m'en empêchent, ma tête agitera sans répit, des jours durant, mille notations impérieuses, mille reflets, que les tâches quotidiennes rendront ma main impuissante à fixer. Ces notations qui viennent justement, par grappes entières, alors que j'ai les mains dans l'eau de vaisselle ou pendant le bain des enfants, dans les bras de Simon, au volant de la voiture, à l'épicerie, au téléphone, pendant un cours ou en épluchant des légumes. Mais si je me retranche de la vie, dans l'isolement artificiel du bureau, la répugnance me paralyse.

Je me découvre un cerveau lavé par *Les Trois Petits Cochons* et le ramassage des pièces du jeu de construction. La rupture du rythme, la limitation du champ de vision par l'épaisseur des murs, tuent la continuité nécessaire. Ce sont les mêmes barrières que celles des façades de brique où l'esprit se heurte dans les villes, prisonnier du temps haché et du mot d'ordre de l'efficacité. Je rêve à la paix des cloîtres, à l'immuable, aux sociétés qui vivent avec, et non contre, le temps.

Le nez au vent, puisque j'ai fini par sortir, entièrement vouée au geste de marcher, je laisse mes pensées musarder, joyeuses pour une fois de ne rencontrer d'autres frontières que la rue à traverser. J'envie la liberté du moine qui chaque jour creuse sa tombe, déambule en méditant, j'envie la nudité de sa cellule et la vérité qui préside à sa vie. Mon imagination retrouve les voûtes de Conques, de Vézelay, des chapelles romanes où règne une plénitude inimaginable aux forçats du pouvoir d'achat que nous sommes. C'est le prix humain, celui de la souffrance, du doute, du renoncement, du dépassement, c'est la puissance de l'esprit qui arrachent à la matière ces accomplissements immatériels dont la signification transcende les cultures et les siècles. Quelle misère dans les possessions de carton-pâte et les cubes de brique qui ne sont que des boîtes à ranger les hommes ! Dans ces empires en papier-monnaie, loin des cycles de la nature, on se standardise soi-même pour s'harmoniser au merveilleux monde des objets. On se pelotonne dans un petit confort facile, on ronronne d'aise. Comme l'âme demande parfois des comptes, on prend des pilules et on n'y pense plus.

— Te voilà, dit Simon. Le facteur vient de passer, il y a une lettre de tes parents.

En un instant, j'ai changé d'univers.

— Tu te rends compte ? Il y a encore des roses dans le jardin ! Et Frisette vient d'avoir trois petits chats. Un tout noir, un noir et blanc, et un rouquin.

— Celui-là, c'est sûrement le fils Du Puy.

Tous les chats du quartier ont reçu un nom d'invité. C'est plus commode pour savoir de qui l'on parle. Du Puy fut ainsi nommé en l'honneur de son allure de mousquetaire et de ses oreilles en dentelle. Il lui manque aussi une bonne moitié de queue, mais on ne saurait tout exprimer dans un seul nom. Encore un art qui se perd.

— À part cela, que racontent-ils ?

— Ma cousine Victoire se marie le mois prochain, les affaires ont repris du poil de la bête, mon père a vendu au chiffonnier une série de mesures anciennes en étain et le lit en cuivre. Tu te souviens ? Celui qui avait des barreaux carrés. Et le canapé Louis XVI qui va avec les fauteuils du salon ! Maman est furieuse. Elle n'arrive pas à comprendre ces inspirations subites qui poussent mon père à bazarder des meubles de valeur pour une bouchée de pain, tandis qu'il éteint les lumières derrière tout le monde pour ne pas gaspiller. Et papa rigole. Il soutient qu'il ne faut pas s'attacher à de vulgaires objets et que cela fait du bien de renouveler le décor.

Je hasarde un regard en coulisse à nos meubles en imitation de rustique, au coton du canapé qui laisse apparaître, par endroits, la bourre sous-jacente, à la tasse en faïence bon marché qui fait office de vase à fleurs.

— Simon ! Ils disent qu'ils nous envoient un mandat pour Noël ! Il va arriver juste en même temps que le compte de taxes... Tiens, ils ont eu leur première neige, comme nous. Mais là-bas, il n'y en a jamais beaucoup.

— Ils ne disent pas s'ils vont bien ?

— Justement. Papa a pris froid, paraît-il. Il a de la fièvre. Je n'aime pas cela. À son âge, c'est loin d'être anodin.

— Ne te tourmente pas, ce n'est sûrement qu'une grippe.

— Je n'aime pas cela tout de même.

— Et si on téléphonait ?

— Oh, Simon ! C'est loin, tu sais. Mais si tu penses...

— Ça leur ferait plaisir. Puisqu'ils vont nous envoyer un mandat...

– Maman, maman ! Tu avais promis de me faire une poupée de chiffon…

La voix aigrelette de Justine surgit du haut de l'escalier. C'est pourtant vrai, j'ai promis. Il semble que je doive à présent m'exécuter. La laine, les chutes de tissu… voilà un nouvel après-midi meublé, d'autant plus que Julien vient d'entrer.

– Moi aussi, j'en veux une.

Enchantés, Justine et Julien passent les commandes les plus abracadabrantes pour les cheveux, le costume, les dimensions, mélangent les jambes, les bras, les têtes, s'identifient déjà aux aventures des personnages à peine ébauchés, les lancent comme des V2 contre des escadrilles de sorcières. Heureux âge !

À six heures du matin, l'air glacial me saute à la gorge tandis que j'entrouvre la fenêtre pour tenter de voir si la neige a repris. Mais la nuit est claire et dure. C'est la pleine lune. La saison des grands froids commence.

Gratter la croûte de glace sur les vitres de la voiture, faire tourner le moteur pendant qu'on dégage la voiture de sa gangue blanche, accoutumer sa peau aux millions de piqûres d'aiguilles de la poudrerie, ne fredonner que dans sa tête « où la neige au vent se marie » pour éviter d'avaler une rafale glacée, et se sentir malgré tout joyeux comme un conquérant qui lève l'ancre. Curieuse virginité de l'hiver, renouvelable à merci…

Le fleuve fume dans le petit matin comme une gigantesque marmite. Les bassins calmes sont déjà figés. Leurs bords se hérissent d'un chaos de glace immaculée. Dans quelques jours, la carapace sera devenue assez dure pour que l'on puisse traverser à pied. Un peu plus tard encore on verra, spectacle étrange à qui l'aperçoit pour la première fois, des voitures rouler au milieu du fleuve, là où passaient en toute majesté les transatlantiques, quelques semaines plus tôt. Les volutes blanches bouillonnent au ras de l'eau et sur la route, aussitôt cristallisées. Au loin, l'air transparent découpe avec une extraordinaire précision des clochers et des arbres. L'horizon recule jusqu'à des distances irréelles. Soudain, le soleil levant embrase tout dans un pétillement rouge, jusqu'à la fumée opaque des raffineries sur l'autre rive. Le paysage est presque apocalyptique. Il faudrait s'arrêter, tirer son chapeau, prendre le temps de réévaluer une ou deux priorités. Mais il est interdit de s'arrêter à cet endroit. Il n'est pas utile au bon fonctionnement de la cité qu'une émotion (superstitieuse?) vous coupe le souffle. C'est bon pour les Indiens qui, plus loin que les clochers sur le ciel, savent s'asseoir sur leurs talons et vivre.

Bientôt, dans la chambre rose, les rideaux vont ouvrir à la lumière les vitres voilées de givre. Justine s'émerveillera des arabesques délicates qui chatoient dès que l'on penche un peu la tête, et courra réveiller Julien pour lui montrer sa découverte. Puis tous deux sauteront à pieds joints sur Simon endormi. À midi, tout embués, les joues écarlates, ils rentreront dévorer leur part de chair empoisonnée, juste butin d'une conquête en pantoufles. Ce soir ils me verront à peine entrer, absorbés en leur Tarzan télévisé. Ou Picotine. Ou Pollux ou Bugs Bunny. Ou le hockey de papa, ou autre chose. Simon ne voit là-dedans qu'innocente distraction, tandis que Constance fait la guerre à l'image ininterrompue, verroterie du civilisé, hypnose du bon citoyen modèle. Il est déjà trop tard, le virus est inoculé. Je le devine grignotant, à son occulte manière, la volonté, le dialogue, la curiosité. Tout comme celui de Saint- Bénézet, le pont de l'échange fondamental ne sera jamais achevé et, quand bien même le détestable instrument de solitude disparaîtrait, la brèche faite à une unité impalpable des êtres et des choses demeurerait ouverte, par cela même qu'elle est possible. La chaîne depuis toujours continuée a perdu ses vertus : la confiance ne se recrée pas.

Biberon de l'esprit, la télévision apporte sans qu'on se dérange un bonheur viscéral facile, qui prédispose au sommeil de la volonté. Plus proches de ce nirvana, comment de jeunes enfants au cerveau neuf ne tourneraient-ils pas leur capacité de résistance vers autre chose, vers la réalité qui, elle, ne se laisse pas appréhender sans effort ? Réveillez-vous, beau Julien, belle Justine. Le monde attend de vous autre chose que de gentils cui-cui d'oiseaux promis à la gueule du serpent. N'écoutez pas les tripoteurs de cerveau qui vous susurrent de limiter l'univers à votre incomparable nombril. Éloignez-vous de la fausse douceur, pour découvrir les voies royales vers vous-même et toutes choses. Vous atteindrez la solitude sans le vide, la force sans l'agressivité, le mystère sans la drogue.

Qu'est-ce que la journée de Constance ? Un merveilleux voyage le long du fleuve qui pourrait n'être qu'une habitude de plus, des courts-circuits dans le temps qui renouvellent l'espace, d'absurdes tâches ménagères qui cependant véhiculent la continuité, l'entreprise plus absurde encore d'initier des têtes de dix-huit ans au mécanisme de galaxies presque imaginaires. Chacun de ces morceaux de vie contient cependant tout passé et tout devenir, quelque chose de global, d'éternel, comme la griserie d'un esprit qui peut atteindre à l'infini.

Le rêve d'un instant contient lui aussi un univers dans sa totalité. Quelques minutes seulement ont passé. Simon dort encore d'un sommeil au masque de mort… une mort infiniment plus profonde qu'une mort d'été à deux pas de la plage.

Tandis que la clef tourne dans la serrure du bureau, je l'évoque, cette mort qui fera de Simon, de moi, une image significative. J'ai conscience de brosser, à traits hésitants, mon propre portrait ; conscience de toucher, à mesure que l'esquisse se dégage, à ma propre révélation qui devient ainsi, paradoxalement, un guide. Une vérité incommunicable, aussi. Le langage ne passe pas, l'expérience ne se transmet pas, face au mur d'autrui. Mais la force vive, la tension vers un même but – même inconnu –, qui n'ont pas d'expression artificielle, trouvent le chemin. Semblable à l'instinct des oiseaux migrateurs, une solidarité immémoriale entraîne toute vie vers sa place dans le V. Le pinceau cherche à tâtons une ressemblance pressentie.

Indistincts de la souveraineté qui dort en eux, et qu'ils devront plus tard reconstituer après les glissements du temps, Justine et Julien s'ébrouent dans la neige. Ils sont, à cet instant, la neige, dont ils ne retiennent qu'une identité joyeuse. Aucune défiance n'a encore tracé de marge entre le monde naturel et la perception qu'ils ont de leur être. En ce sens, l'enfance est une extase.

Justine et Julien lâchés dehors vivent la volupté du paradis terrestre. À nous la tâche ingrate de les assister dans la dépossession. Il faut désarmer sans heurt l'esprit de découverte et les ardeurs combatives qui continuent d'apparaître chez le petit d'homme à l'âge où s'éveille l'instinct d'apprendre à lutter pour sa survie. Il traque le chat des voisins comme on suivrait la piste d'un gibier, escalade les clôtures, monte aux arbres, s'aventure dans les massifs de fleurs comme un trappeur ou un guerrier. On appelle cela des bêtises et on remplace la broussaille par du gazon anglais, la vitalité par la politesse.

Dès que la magie des flocons aura cessé, Justine et Julien retrouveront leur inutilité un peu triste d'enfants domestiques. Nous reprendrons notre joli travail d'anéantissement. Il ne faut pas manger la neige : elle est radioactive. Les animaux ? Gare aux microbes ! Les chiens veulent courir au lieu de cheminer sagement de poteau en poteau. Les clôtures ? Elles déchirent les fonds de culotte. Les arbres, nous n'en avons que deux, il ne faut pas les abîmer. Les cris gênent les voisins. Tu peux courir, mais seulement à l'intérieur des huit mètres de la cour, et ne te plains pas, tout le monde n'en a pas autant. Attendez ! Cet été vous jouerez avec le chien fou et les escargots, vous pillerez les fleurs, vous vous barbouillerez de jus de cerise, vous collectionnerez les sauterelles. C'est promis.

Toutefois, les parenthèses se font rares, et ils sont tôt découragés. Quoi de surprenant à ce qu'ils préfèrent s'asseoir devant le téléviseur, indifférents aux événements d'un monde auquel on ne leur demande pas de se mesurer ? On leur a même si bien enseigné à ne pas empiéter sur le gazon du voisin, sur la rue, sur l'espace sonore dû aux autres carrés, qu'ils sont déjà mûrs pour réduire encore un peu l'univers, juste à la dimension d'un écran, voire d'un nombril. Mûrs pour l'anéantissement dans un utérus de brique.

Les réacteurs d'un Boeing sifflent au-dessus du collège. À quelques dizaines de mètres, les sirènes de la police et d'une ambulance hululent sur l'autoroute métropolitaine qui passe à la hauteur de ma fenêtre. Les carrosseries brillent au soleil, alignées sur trois voies dans les deux sens comme des colonnes de fourmis et, au rez-de-chaussée, les camions grondent en rangs serrés sur les deux voies de dégagement. À la limite du nuage gris-rose de pollution, le collège bénéficie d'une vue étrange où se distinguent à gauche un smog compact qui sent l'oignon pourri, à droite le bleu rigide du ciel. Vers l'est, des colonnes de fumée blanche s'élèvent, statufiées par le gel, au-dessus des raffineries. Le côté droit offre un espace immuable et pur, l'autre a les contours indécis d'une charogne en putréfaction.

Tout à l'heure en sortant, je constaterai qu'on vient d'excaver en plusieurs endroits le terrain vague immuable et pur. Le gel a interrompu les travaux. Dès le premier signe de printemps, les insectes à moteur vont exercer leur frénésie sur les quelques souches qui subsistent encore et à la rentrée du mois d'août, un rempart de béton à peine troué de meurtrières vitrées abritera les bureaux d'une entreprise qui n'a rien à craindre. L'édifice le plus proche abrite une autre tribu, différente, hermétique aussi. Chacun son bunker. Il ne faudra pas compter sur les joies du voisinage. Autour de ces forteresses, une féodalité marginale arme des chevaliers qui chevauchent des Kawa 500.

Millions de corps bien nourris, au fond desquels s'accumule tant d'énergie captive ; millions de cerveaux surchauffés par les sollicitations de voyages exotiques et par les appels à la sensualité ; rêves secrets de domination que chacun porte en soi, alors que la vie quotidienne inflige à ces mirages le plus insidieux démenti. La tristesse m'envahit à la pensée des exutoires misérables dont cette armée d'esclaves, et j'en suis, use pour se désarmer, au lieu de construire un empire capable de défier le temps. Quel horizon ! La promenade des prisonniers le samedi, en rangs serrés, prêts à rentrer au coup de sifflet ; danser psychédélique dans le cube décadent d'une boîte ; manger du pop-corn dans les églises mexicaines. D'autres tuent, mais de cela aussi on finit par s'accommoder. La joie n'est pas au rendez-vous, malgré les gadgets. Chacun fouille les poubelles de la spiritualité en quête d'une mystique libératrice et pour voir si, par hasard, on ne pourrait pas tout effacer et recommencer. Peut-être faut-il, pour trouver l'issue, garder bien solidement les deux pieds dans l'enfance, refuser au regard le droit de s'habituer et tirer, tirer de toutes ses forces, une Justine et un Julien hors du bourbier, bâtir une cathédrale d'énergie.

À cinq heures, la flamme des raffineries troue la nuit de ciel et d'eau. Les enfants attendent, l'œil rivé à leur Tarzan tout luisant d'after-shave, sans attendre. Seigneur ! L'envie me prend de les faire danser comme des sauvages, jusqu'à l'ivresse, tout nus sous une lune tropicale. Mais je sais que dès demain, docilement, je

continuerai à leur couper les ailes. Des ailes pour aller
où ? Ils règnent sur une salle d'attente, au moment où
la nature s'agenouille devant l'homme.

12

Un clair de lune sale traîne sur la neige devenue grisâtre. Ce n'est pas la nuit, ce n'est pas le jour, mais une clarté douteuse qui passe les nuages en fraude, à trois heures du matin. C'est ainsi que j'imagine la mort : paysage flou à peine éclairé entre les côtes par cette lumière catastrophique.

Il m'est impossible de dormir, malgré la fatigue. Entre la veille et l'engourdissement, des fantasmes venus on ne sait d'où glissent sournoisement, pareils à des chuchotements d'outre-tombe. Collée à la fenêtre, je me laisse fasciner par ce clair de lune malsain. En dix minutes interminables, j'ai mangé le cerveau d'un nouveau-né qui ne s'appelait pas encore Justine, sur l'ordre de tante Fausta présidant le festin tribal, en un lieu indéterminé ; posé le cou en 1789 sur une poutre gluante de sang caillé et froid, dans une cour d'école ; arpenté les rives de la Garonne ou de la Loire, deux siècles plus tôt ; j'ai porté solennellement dans son lit le corps sans poids de Julien, dont il ne restait qu'une enveloppe presque transparente, sous l'œil humide de la bonne ; essuyé mes mains rougies à un tablier de coton dans une ferme du Middle West, au siècle dernier ; attendu face à la mer un homme qui ne reviendrait jamais. La présence invisible s'épaissit autour de moi, menaçante. Des lambeaux noirs traversent la lune sans en altérer la transparence. Je suis une mouche dans la toile d'araignée. Seul Simon peut me délivrer, mais il dort. Je n'ose le réveiller. Le souffle suspendu, paralysée d'angoisse, je souhaite presque une folie brutale qui romprait le sortilège. Quelques fenêtres lumineuses s'accrochent encore, à des hauteurs inégales, au gribouillage ténu des branches d'érable. Encore des insectes englués dans la toile surnaturelle, mais nulle solidarité ne m'habite. Tout est solitude et désespoir. Est-ce que là-bas, à Saint-Celse, une vie n'aurait pas cessé de se débattre contre les ombres ?

L'odeur de résine a envahi le salon. Dans la bouilloire, l'eau à la limite de la vaporisation lâche des glop ! sprotch ! furieux. La cuisine sent le pain grillé. Dans le pot de miel grand ouvert, un cratère signe le passage de Simon. Justine et Julien s'exclament devant les rois mages et les boules suspendues au sapin. Mais cette fois, la petite fille que je fus ne surgit pas spontanément dans l'autre cuisine, pieds nus sur le dallage, chemise de nuit fripée et boucles folles. « Embrasse ton grand-père », me disait-on pour qu'enfin je me décide à affronter les moustaches. Point de grand-père ici. Du reste, le partage s'est fait, presque brusquement, du jour où Justine eut ses entrées dans un monde distinct du nôtre. Il faudrait effectivement, pour rétablir l'unité, puiser dans la présence des vieux l'identité qui cesse avec les enfants.

13

Les bouts de papier s'accumulent, traversés de lignes jetées en toute hâte, mais rien ne pousse sur ces sillons d'encre, car les forces de mort et les forces de vie sont aux prises. La première, la lumière a triomphé de l'hiver, dont la dépouille gît au sol pour des mois encore. Comme un cabri enfermé dans un enclos trop petit, je sens monter en moi la liberté ressuscitée, monter et donner l'assaut à mon triple mur de travail, de maternité et de gêne financière. Comment lui expliquer, à ma liberté, qu'elle se trompe, que je n'habite plus à cette adresse ? Il ne sert à rien d'émerger du vaste froid à la gloire d'un ciel doré si l'on ne peut courir sans entraves dans de l'air parfumé, découvrir la légèreté de lointains inconnus, partager ses impressions avec les premières bestioles, respecter le miracle d'une corolle audacieuse, marcher sur une terre sèche, vivante de poussière et de vent. Un vent nouveau…

Ma célébration particulière consistait jadis à succomber aux premières avances de la lumière ressurgie, à partir sans autre considération battre la campagne. Je rendais visite à la nature convalescente, renouant au passage avec mes amitiés : tel buisson de genévrier, telle roche plate, dont je voulais m'assurer qu'ils avaient bien passé l'hiver. Ainsi consolidée dans mes alliances secrètes, je pouvais retourner sans inquiétude à mes occupations urbaines.

Un certain dimanche de Pâques – mes premières Pâques chez tante Fausta – ensalonné du matin au soir a définitivement éteint en moi la joie sauvage, turbulente, des retrouvailles annuelles avec la vie. Ce jour-là, je l'ai passé impuissante à regarder la lumière s'épanouir, chanter, puis décliner, attachée entre gâteau et télévision. Mon esprit voulait courir les collines, s'étirer jusqu'aux limites du possible, et se heurtait sans cesse à la grande vitre isolante, aussi coincé dans son emballage prophylactique que les portions de bœuf au supermarché. L'espoir n'a jamais reparu. Avant chaque printemps, la lumière déclenche malgré tout un réflexe comme dut en avoir le chien de Pavlov, un élan sans joie, un bouleversement sans émotion, sec, terrible.

Pendant une année ou deux, j'ai versé des flots de larmes en sortant des enveloppes par avion les premières violettes, tout aplaties. Les violettes à la main, le nez rouge, je débordais de rancune envers l'insensibilité bleue tapie au fond du ciel, les oiseaux morts, les branches rigides où pas un seul bourgeon ne se décidait à pointer. L'enchevêtrement des brindilles noires devant la fenêtre m'emplissait de fureur et d'amertume. J'aurais voulu les secouer pour qu'enfin quelque chose change. Mais les printemps ont succédé aux printemps sans que rien bouge.

La fureur aussi m'a abandonnée. Vide de moi-même, j'attends je ne sais quoi. La notion du temps s'est mise à errer, désœuvrée. Je sais que, si j'existe encore, il ne s'agit là que d'un sursis. Je constate la présence d'une lie calme, résidu de mes espoirs et de mes révoltes et, au-dessus, d'une agitation inquiète, des remous appartenant à ce qui n'a pas encore eu lieu. Je compte les centimètres de troncs mouillés à mesure qu'ils émergent de la neige fondante, comme les anciens élèves du collège comptaient les boutons de soutane des pères pour tromper l'ennui des cours. À perte de vue s'étendent des espaces déjà connus.

Là-bas, il me semble que les vents noirs de l'automne, rebrousseurs de chasses à courre, se transforment aussitôt en ces friselis coléreux qui tressaillent dans les fourrés de février jusqu'en avril. Il me semble que l'hiver se résume à un peu de blancheur saupoudrée dans l'empreinte durcie des sabots, et que le premier rai un peu tiède emplira de primevères. Cet hiver, de loin, m'apparaît comme un instant de nuage devant le soleil. Un incident sans importance particulière, vite oublié. Dans ma mémoire, il n'en reste que genoux rouges, terre sonnante tourmentée par le gel, fumées du soir. Des brouillards pleins de mystère qui nous apportaient l'écho des ripailles du temps où les tours étaient de pierre blanche. Des cafés au lait pris à l'abri de vitres embuées. Des lacis blancs de givre. La tête encotonnée de grippe et de lecture. Et puis, tout de suite, l'éclat de rire des collines croulant de fleurs d'amandiers, les abeilles autour des grappes roses et blanches des marronniers, à grandes éclaboussures de pollen. Les chapeaux de paille, l'odeur du marché, le dring ! dring ! des bicyclettes, le caprice aigre-doux des vents folâtres.

J'ai longtemps cru qu'il était impossible aux grands sapins revêches de conserver leur solennité, alors que les glaçons chantonnent leurs feux transparents pour accompagner les oiseaux et que l'air commence à se mouvoir. Impossible que les brindilles noires ne secouent leur inertie dans un torrent de fleurs et de feuilles. Mais les sapins voient imperturbablement passer les saisons, les années, les hommes, les briques. Les érables et les frênes déplient une à une de petites feuilles bien raisonnables, pas pressées du tout. Rien n'explose, rien ne déraille. Quelques fleurs sages apparaîtront en temps voulu dans les plates-bandes. Il est surprenant que les banlieusards ne deviennent pas tous des criminels. Un printemps sans couleur appelle le sang.

Les lacs gelés du Nord, enfouis dans la forêt, vivent de plus de vie malgré les mois lourds de neige. Un fourmillement d'écureuils, de visons, de ratons-laveurs, de marmottes, d'énormes orignaux, de plumages et de fouisseurs microscopiques, renouvelle l'allégresse d'attendre. La terre est en travail sous la pellicule de mousses. Pour l'assister, tout un peuple chuchote et s'agite. Mais nous ne sommes pas dans la forêt, ni même en cet avril qui ressemble tant à son nom, sonore comme une saxe fine, mobile comme boa de plumes, tout en frémissements et en transparences fragiles. Nous sommes en février. L'asphalte dort de son sommeil compact sous un demi-mètre de neige sale.

Contemporaine des tours féodales d'Hosteloy, j'aurais sans doute dépéri de langueur. Mais alors les châtelaines n'allaient pas acheter des légumes en technicolor, au son de ce que Justine appelle de la musique de magasin.

« Constance ! Téléphone ! » crie Simon depuis les entrailles de la maison. Il doit être en train de dactylographier sa pièce. D'ailleurs, il a horreur du téléphone. Je pourrais en dire autant, mais il faut bien que quelqu'un réponde. Cet instrument m'a gâché tant de promenades du détenu, tant de sauces, tant d'heures productives, il a tant réveillé les enfants que je lui voue une haine tenace.

Avec, sous le bras, la corbeille pleine de linge à étendre, je rentre précipitamment et me transforme en femme-serpent pour enlever mon manteau tout en répondant. C'est tante Fausta.

— Ma chère petite, ça ne va pas du tout. Imaginez-vous que j'ai peur, le soir. Je n'en dors plus. C'est vraiment déraisonnable, mais c'est plus fort que moi. Si vous saviez !

Pas si déraisonnable, puisque quelqu'un rôde aux alentours dès la nuit tombée et que tante Fausta ne trouve personne au bout du fil, parfois, lorsqu'elle va répondre au téléphone.

— Il faut absolument que j'aille passer quelque temps chez vous. À quelle heure pouvez-vous venir me chercher ? Je ne vous ferai pas attendre, mes valises sont prêtes.

Mes cadrans s'affolent. Les aiguilles tournent dans tous les sens, rebroussent chemin, prennent de la vitesse. Tandis qu'une sorte de Constance extérieure à moi-même (celle qui est de service en cas d'urgence) répond calmement : « Mais oui, Simon passera dans la soirée », l'autre cherche la sortie de secours dans la plus totale agitation. C'est une débandade d'images qui se succèdent, à un rythme de cinéma muet. Tante Fausta babillant inlassablement. Les enfants tâchant de m'atteindre à travers la grêle de mots. Les feuilles manuscrites abandonnées pour un temps indéterminé. Les déclarations d'impôts incomplètes sur un coin du bureau. L'empilement des lettres non ouvertes. Les fenêtres hermétiquement closes et la fumée des cigarettes de Simon s'élevant en volutes de plus en plus serrées. La télévision, son au maximum et, superposée, l'histoire de la famille.

Un fragment de mon cerveau fait des valises et prend un billet d'avion pour la Floride, balayant toutes les objections. Les enfants ? Qu'importe, puisque tante Fausta s'interpose entre eux et moi de toute son autorité victorienne. Simon ? Il va retrouver à travers le gâteau familial le goût de ses jeunes années et des dimanches à Bergeville. Tante Fausta, elle, va enfin reprendre possession d'une maisonnée. L'argent ? Les impôts attendront, et je trouverai bien quelque chose à vendre. Un autre fragment de cerveau cherche la manière de convaincre Simon que je ne supporterai pas l'installation d'une tierce altesse régnante, tandis que la dernière portion encore valide s'occupe fébrilement à trouver des échappatoires. Inutilement aussi, puisque rien n'en subsistera.

J'en perds toute lucidité et cours demander assistance à Simon.

— Simon, c'est tante Fausta !

— J'avais entendu. Et alors ? Elle téléphone tous les jours…

— Cette fois, c'est sérieux. Elle a peur la nuit. Il paraît que tu vas la chercher cet après-midi même. Ses valises sont prêtes.

— Hé bien !

Simon se laisse choir sur son fauteuil, s'aperçoit qu'il était déjà assis, se redresse.

— Hé bien !

— Alors ?

— Bon, hé bien, tu vas préparer sa chambre pendant que je pars la chercher. Je peux emmener les petits, si tu veux être tranquille.

— Mais Simon, je viens d'arriver ! Je les ai à peine vus. Tu sais très bien que dès l'arrivée de tante Fausta je serai accaparée sans arrêt.

— Tu t'imagines cela. Elle adore s'occuper de la cuisine et des enfants. Tu vas pouvoir te reposer, au contraire, pendant qu'elle sera ici. Tu n'auras qu'à aller au collège sans te soucier de l'intendance.

— Oui, mais moi, je n'adore pas qu'on me mette au rancart comme une petite sotte et tu n'ignores pas que sa présence ne me détend pas du tout. Je sais bien, moi, qui va être détendu et reposé. Tu es ravi de te faire dorloter et de laisser tante Fausta décider de tout, comme lorsque tu étais petit. Et puis, la famille, tu la connais par cœur. Tandis que moi, je suis la catéchumène idéale. J'aime mieux éplucher dix kilos de pommes de terre par jour en pensant à ce que je veux.

— Tu exagères. Tu n'as qu'à lui expliquer que tu as du travail !

— C'est le genre d'argument dont elle n'a que faire. Pour tante Fausta, du travail, c'est la vaisselle, le ménage, faire briller les cuivres et l'argenterie, repasser des pans de chemises, raccommoder. Toutes choses qui n'empêchent pas de parler.

— Voyons, Constance, essaie de comprendre ! Elle a quatre-vingts ans passés et c'est ce qu'elle a fait toute sa vie…

— Mais il y a des tas de vieilles dames dans le même cas et qui ne sont pas pour autant des tyrans. Est-ce que tu essaies de me comprendre ? Est-ce que tante Fausta essaie de me comprendre ?

— Allons, fais-toi une raison pour quelques jours. On tâchera de trouver une solution. J'y vais. Tu es sûre que tu ne veux pas laisser venir Justine et Julien ?

— S'il te plaît, attends à cinq ou six heures. Le ménage sera fini et je n'aurai plus les nerfs à fleur de peau. Laisse-moi un peu réintégrer la maison.

— Comme tu voudras. Il aurait été si simple d'y aller tout de suite...

Quelque chose dans mon regard a dû alerter Simon, qui se replie prudemment dans le bureau. C'est un trop petit sursis, mais je me promets bien de l'employer comme il se doit. Une tasse de café, du raccommodage, une revue et un puzzle pour les enfants. Pour la dernière fois jusqu'à... jusqu'à ?

— C'est ça, ton travail ?

— En quelque sorte. C'est ma veillée d'armes.

— Tu devrais téléphoner à tante Fausta pour l'avertir que je vais la chercher.

L'œil chargé de meurtre, je décroche le combiné. Simon est déjà parti.

Une demi-heure plus tard, les portières claquent, les bagages s'entassent dans l'entrée.

— Que je suis contente d'être arrivée ! Avec Simon, j'ai toujours peur d'avoir un accident, ou que la police nous arrête. Que j'aime venir chez vous, chers enfants ! Je me sens exactement comme chez moi. Tenez, pendant que j'y pense, je vous ai apporté quelques petites choses. Si ! si ! Ce n'est rien du tout, j'avais cela depuis longtemps et je ne m'en sers pas. Venez voir. Des rideaux pour remplacer ceux du salon. Ils étaient très bien, remarquez, mais ils ont l'air un peu... bon marché. Ceux-ci iront mieux avec vos meubles. C'est madame Anderson qui me les avait donnés, il y a vingt ou vingt-cinq ans, lorsqu'elle a déménagé. C'est bien simple, c'est l'année où Diane est venue au monde. Attendez, elle s'est mariée il y a six ans, et elle avait dix-huit ans. Ou dix-neuf ans ? C'était juste après la graduation de votre oncle Sévère.

De fil en aiguille, tante Fausta se remémore la société bourgeoise qu'elle a connue autrefois. Le juge Untel, sa femme, la propriété de celui-ci ou de celui-là, les filiations, les alliances, la couleur des yeux, le nom du tailleur, l'adresse de la modiste, les habitudes de vacances, la race du chat, les particularités de chaque fournisseur, le prix de la livre d'oranges en 1938 chez divers grossistes, l'état de santé de chaque membre de la famille, les péripéties de l'achat d'une certaine chaîne de montre, rien n'épuise son répertoire.

Pendant ce temps, je contemple les rideaux de dentelle passée qu'il faudra bien substituer à ceux du salon. Et Simon qui ne proteste pas !

Seul le voyant orange de l'allume-cigares est visible dans la nuit, minuscule cercle magique où se résout l'énigme de la solitude. Quelques lumières sans éclat ont réussi à percer ici et là le brouillard du fleuve. Sur l'autre rive, les secrets nauséabonds du port et des ruelles louches restent prisonniers de l'obscurité. Les fumées elles-mêmes se fondent aux brumes qui rampent au ras des eaux, noires elles aussi. C'est à peine si un reflet égaré les trahit, par intermittence. L'ombre d'Edgar Poe plane sur le décor. On ne peut s'empêcher de songer, entraîné par la certitude des choses cachées, à l'au-delà du monde. J'aime ces retours solitaires, aux heures où le troupeau carrossé a dissipé ses poisons. Sur la route vide, dans le presque silence, toutes laideurs reléguées derrière la brume, rien n'empêche de s'occuper à reconstituer en soi le monde, à le dégager de l'insignifiance. L'autoroute fait aussi bien l'affaire qu'un sommet tibétain, une fois rendue à la seule chaussée.

La sortie 23 surgit prématurément des méditations oranges et déjà tante Fausta ouvre la porte sur une odeur de bœuf bouilli.

— Entrez vite, vous devez être affamée. Je vous ai gardé une grosse portion de viande. Vous auriez dû voir tout ce que les enfants ont mangé ! À midi : un pamplemousse, du bœuf, des carottes, des pommes de terre, du gâteau et de la crème glacée, et ce soir la même chose. Je vais leur donner un bain pendant que vous mangerez, puis j'irai leur raconter une histoire dans leur chambre. Venez vite vous asseoir !

— Maman, maman ! Regarde ce qu'on a dessiné !

— Laissez votre mère tranquille : elle est fatiguée. Venez prendre votre bain. Asseyez-vous, Constance, tout est prêt. N'attendez pas que cela refroidisse.

— Oh !… maman, tu n'as pas vu notre beau dessin !

— Laissez-les, tante Fausta, je peux prendre le temps de leur dire bonsoir.

— Comme vous voudrez. Mais je trouve que vous ne devriez pas vous laisser envahir comme vous le faites. On dirait que chacun se débrouille comme il peut, ici. Il n'y a pas d'ordre. Aujourd'hui, j'ai passé tout l'après-midi à ranger la vaisselle. Et je n'ai pas vu les tasses roses que je vous avais données…

— Maman !

— Enfin, cela vous regarde, après tout. Si Simon est heureux comme ça… Il est trop fier pour se plaindre, mais vous verrez, des ménages comme le vôtre, ça ne peut pas durer.

— Maman, pourquoi elle se fâche après toi, tante Fausta ?

Comment expliquerais-je aux enfants qu'en vérité, tante Fausta s'irrite de ma résistance à l'emprise qu'elle entend exercer sur l'ensemble de la famille ? Or, jusqu'ici, ni les opérations de charme ni les colères n'ont donné le résultat escompté. Je ne souhaite pas plus capituler que déclencher des foudres dont Simon aurait à souffrir. J'use donc de l'arme qui m'a le mieux servi pour préserver ma liberté : une distance aussi polie que possible. Passant s'il le faut pour indifférente ou pour insignifiante, je glisse entre les doigts et j'esquive les pièges. La chair, du même coup, se dérobe au croc qui cherche le sang. Mais tante Fausta ne renonce pas.

Le frein trop rongé lâche d'un seul coup. Envahie par une colère froide, j'appelle Simon qui a dû s'abriter dans le bureau toute la journée.

— Simon ! Veux-tu aider tante Fausta à préparer ses bagages ?

Éberlué, il surgit dans un halo d'acte III.

— Qu'est-ce qu'il y a ? Vous vous êtes disputées ? Mais enfin, à propos de quoi ? Il ne s'est rien passé de la journée… Voyons, Constance, tu es peut-être fatiguée. Tante Fausta ! Je suis sûr que tout cela va s'arranger. Essayez de comprendre…

Tante Fausta saisit les mains de Simon.

– Moi qui t'ai tellement choyé. Tu étais mon préféré. Si j'avais pu penser !

– Penser quoi ? Enfin, qu'est-ce qu'il y a ?

– Du moment que tu ne trouves rien à redire à ta situation…

Justine en larmes s'accroche à ma jupe. Julien de loin suit la scène, bouche bée, les yeux écarquillés.

– Tante Fausta, vous ne trouvez pas que cela suffit ?

– Vous verrez, un jour vous serez vieille, vous aussi.

– Maman, tu seras pas vieille, hein ?

– Venez, les enfants. Tante Fausta est fatiguée.

– Tout le monde est fatigué, alors ?

« Garde la voiture aujourd'hui, Simon. Fais faire une belle promenade aux enfants. Ils en ont besoin et toi aussi, d'ailleurs. À ce soir. Je vous embrasse. » Ayant ainsi décoré la tasse à café de Simon de mon message matinal, je tire derrière moi la porte de la cage d'escalier. Les malédictions de tante Fausta y résonnent encore et grimpent les marches à la suite des enfants. Je regrette de ne pouvoir les exorciser d'un bon courant d'air. Demain !

À peine dégagé de l'aube, le vent est vif, avec des sautes d'humeur d'adolescent. Tantôt caressant des premières promesses du printemps et tantôt acéré, il joue au chat et à la souris avec les passants. Quelques flocons de neige attardés tournoient paresseusement puis disparaissent, remplacés par une bourrasque. Trompés par ces tiédeurs allusives, des oiseaux conversent de branche à branche. J'essaie, sans grand succès, de me défendre d'un jeune soleil sur des nappes de jonquilles, des transparences du feuillage frais ouvert, des premiers bouquets tendus par des marchands dont le verbe dessine encore des nuages de buée blanche sur l'air du petit matin. Je me souviens malgré moi d'un certain rayonnement rose sur les pavés, d'une sonorité particulière des voix, à ce moment subtil du jour où le soleil prend en écharpe le clocher de Notre-Dame, se coule le long de la pente grise et en dissipe l'épaisseur, révélant une à une les écailles de pierre, animant les gargouilles. À cette heure, elles ont presque bonne mine. Après toutes ces années, mes yeux cherchent toujours le clocher quelque part au-dessus des poteaux télégraphiques, comme s'il ne pouvait y avoir le matin un soleil en biais sans clocher. Les portées de T chargés de fils s'envolent, rectilignes, jusqu'au point de fuite où elles se rejoignent dans l'inconnu. Un inconnu sans fascination, puisque par-delà la ligne d'horizon, tout se devine exactement semblable. Des montagnes pourraient à la rigueur tenir lieu de clocher, mais la plaine s'étend à perte de vue.

Dans l'autobus, une femme s'épile les sourcils. Deux gamins l'observent, hilares, et sur le siège d'en face, une petite vieille la fixe d'un œil réprobateur. D'arrêt en arrêt, la chair humaine s'entasse, piétine, se balance aux coups de frein, avant de s'écouler brusquement vers la bouche de métro. Automate bien remonté, j'allonge le pas aussi, à la suite de la foule qui part à l'assaut de l'escalier mécanique. Une marche plus haut, devant moi, un petit homme sec comme une poupée de fil de fer flotte dans son pardessus. Sa maigreur semble le vouer à la lévitation et, à le voir ainsi s'élever sans un mouvement, je m'attends presque à ce qu'il continue son ascension au terme de l'escalier. Sa nuque ressemble à celle du pendu qui se balançait il y a quinze ans dans les bois d'Hosteloy, au fond de la combe où nous l'avions trouvé au cours d'une promenade. Un reste de cravate flottait ainsi autour des vertèbres cervicales. Ce monsieur est peut-être l'une de ces créatures vouées à jouer indéfiniment le même détail dans des rôles différents. À côté de lui trottine une vieille dame, souris menue, précédée d'une matrone dont les vastes fesses tressautent sous le manteau un peu trop serré. Dans l'autre sens se hâtent un bataillon de Noires, une putain fatiguée, une fille longue et maigre vêtue d'un anorak au vert agressif, un groupe de jeunes gens hirsutes et un type en manteau de fourrure ouvert sur un tee-shirt qui laisse apercevoir un torse velu. C'est le métro de la préhistoire à nos jours.

Sur le quai, une foule hétéroclite est déjà parquée. Une foule morne. Dans le wagon, les yeux vaguent ou se fixent sur des panneaux publicitaires, sur la liste des stations, sur la vitre noire qui renvoie son image au peuple souterrain. Quelques-uns lisent. On ne peut fuir la multiplication des yeux qu'en s'emmurant dans l'indifférence ou dans son propre rêve. Parfois on se découvre les deux pieds dans le rêve d'un autre. Être assis là, c'est déjà de l'indiscrétion. Une indifférence indiscrète, peut-être est-ce l'épreuve du monde de demain. Accolé à son voisin, chacun se dit qu'il n'a rien à voir avec ces gens-là.

— Salut, Constance !

— Bonjour, Rachel ! Je ne t'avais pas vue. Tu vas toujours à l'école aussi tôt ?

— Non, heureusement. Vivement les vacances !

– As-tu de grands projets ?

– Bof… je ne sais pas vraiment…

Au bord du trottoir qui longe le parc du quartier, des brins d'herbe noirs de mazout percent à force de patience la croûte de vieille neige. Les rayons du soleil plus vigoureux de ces derniers jours ont réussi à l'éroder par places. Un plus vaste espace dégarni s'étend derrière le salon funéraire. La limousine du gérant, silencieuse et luisante comme une bête bien soignée, s'arrête devant la rampe d'entrée. Grimés pour leur dernière représentation, les pensionnaires du salon attendent qu'on les transporte vers quelque jardin Saint-Nicolas pourvu de racines particulièrement sélectes. Tout en marchant, Rachel glisse un regard oblique vers l'établissement et préfère penser à autre chose.

– Il fait tellement beau, aujourd'hui, que j'aimerais marcher dans la neige toute la journée !

– Tiens, voilà quelque chose de positif. Pourquoi ne le fais-tu pas ?

– Parce que tu prends les présences !

– Et alors ? L'autre jour, tu m'as dit gentiment bonjour dans l'escalier, mais tu n'es pas venue au cours. Tu aurais dû garder une marge d'absences pour les jours où il fait trop beau pour s'enfermer ! Est-ce que par hasard il ne serait pas plus fatigant de marcher dans la neige toute la journée que de somnoler en attendant la fin du cours ?

Rachel, libre sans le savoir, s'éloigne. Elle ne sait pas non plus qu'on peut mourir de n'avoir pas osé s'avancer à la rencontre de son soleil. Lorsqu'il devient évident que la cage est trop petite, que les briques sécrètent plus d'angoisse que de sécurité, la sagesse n'est pas d'y rester. On ne choisit pas la prison pour ce qu'on y est nourri, logé et dispensé de donner voix au chapitre. Acculé à l'impasse d'une telle vie, il ne reste qu'à se laisser ratatiner ou à rejeter tous liens, à tout brûler pour grimper à la recherche d'un absolu qui s'est peut-être égaré sur les pentes d'un plateau, en Bolivie. Il devient difficile de rester libre dans les métropoles où l'on peut faire tout ce qu'on veut, dans l'indifférence générale, puisqu'on est alors son propre geôlier. Pour l'illusion d'être considéré, on amasse des possessions qui ligotent, là où un troupeau de lamas ou un chien suffiraient sans doute. Mais pour atteindre à l'absolu, à un anonymat qui ne soit pas rejet, pour sauver sa peau, encore faut-il vouloir regarder la réalité en face. La réalité faite de boue, de chair, de violence. Au sommet des hauts plateaux, on n'a que faire de l'eau de toilette « Panthère » qui exalte votre féminité, ou des piscinettes familiales. On ne parle pas à son dieu, quel qu'il soit, avec le vocabulaire de l'insignifiance, sur l'air des *Parapluies de Cherbourg* et les doigts de pied en éventail. Face au tout-puissant adversaire, on sait que le salut se paie d'avance, et cher : du prix de la vie elle-même, d'une lente mise à mort de la chair.

C'est pourquoi la révélation n'est accordée qu'à ceux qui n'ont pas craint d'exposer leur corps nu à un Verbe susceptible de le réduire en cendres. Pas de risque, pas de Graal.

L'hiver a vieilli. Son agonie fait aux arbres des chevelures grises, comme l'attente aux veuves dont le défunt s'éternise à mourir. Les toisons griffues emplissent le ciel. Une pluie mêlée de glace flagelle l'asphalte. Dans une vitrine chauffée, des filles en bikini pédalent, sourire *cheese* oublié sur les lèvres depuis le matin, pour la gloire d'une marque d'exerciseurs. L'humanité motorisée, qui vient de quitter le fauteuil pivotant du bureau pour le siège de la voiture avant de s'asseoir à table, les observe distraitement au passage. Plus loin dans la rue commence l'univers cosmopolite du petit commerce grec, israélite, italien, ukrainien, portugais. Les enseignes apportent, sous la pluie froide, l'étrangeté d'un alphabet né au soleil d'Orient. L'odeur du cuir neuf s'échappe d'une échoppe arménienne, suivie des relents de friture d'un bar où l'on apprête le *shish-kebab*. On cloue quelque part. Des mots râpeux surgissent de derrière un étal. Plus que les odeurs et les sons, l'épaisseur humaine fascine. Point d'éclopés ni de mendiants dans cette animation d'un autre âge, mais des secrets, des commerces occultes superposés aux commerces affichés. Ce quartier m'apparaît incomparablement vivant. Sevrée de pittoresque et de spontanéité par l'univers amidonné issu de tante Fausta, je respire enfin un air de liberté. Pour un peu, je demanderais asile au couple d'épiciers obèses qui s'engueulent en italien derrière un comptoir.

Mes vagabondages d'enfant ont compté d'innombrables plongées au cœur du peuple des boutiques. Ces amis-là m'ont ouvert au plus grand les portes d'un monde bariolé, criard, généreux. La mère Kasmarkowicz se résumait à un dentier orange, aux gencives raides, qui évoquait le bec des cygnes du jardin botanique. Énorme, elle m'installait dans sa cuisine devant un bol de chocolat assorti d'une tranche de pain large comme les deux mains de son époux, ce qui n'était pas peu dire. L'odeur de graisse rance mêlée d'oignon ne m'incommodait pas du tout, quoique je ne l'eusse pas supportée chez mes parents. Mon attention était accaparée par des objets modestes mais venus de loin, transportés au prix de périls homériques, ou par l'usage inattendu que la mère Kasmarkowicz faisait d'autres objets connus. Un peu comme si le vent des plaines était venu déposer là isbas, forêts de bouleaux et hurlements des loups. La vieille Polonaise avait des amis juifs, perchés au quatrième étage d'une arrière-cour. On accédait à leur appartement par un escalier et une galerie de bois qui croulaient à chaque pas, à travers des lessives, des réserves de bois, des bicyclettes suspendues. Avec eux, je partageais le pain sans levain et j'entendis de leur bouche de stupéfiantes histoires de guerre. Ils étaient l'aventure, le secret, les premiers chuchotements de la misère. Dans la chambre des filles traînaient pêle-mêle des bas, des sous-vêtements, des robes, des valises, des livres à moitié ouverts, des sacs à main, des boîtes de poudre parfumée. Il était souvent question d'un certain Michaël, à propos duquel Judith et Suzanne parlaient fort et se jetaient volontiers, en larmes, à plat-ventre sur le lit. Il n'était pas rare non plus de trouver un soutien-gorge sur une chaise de cuisine ou un slip de dentelle sur la pendule du salon. Leur mère se fâchait parfois dans un savoureux sabir, mais en général les Bergstein n'éprouvaient aucune gêne de ces détails fantaisistes. Ils vous offraient la chaise avec une souriante affabilité, trottinaient en tous sens, apportaient à manger et parlaient, les yeux dans le vague. Parfois Daniel se mettait au violon. Les filles chantaient des complaintes lentes comme des caravanes. Au désespoir, ma mère demandait : « Mais où étais-tu donc passée ? »

Au fond d'un corridor visqueux s'ouvrait comme un puits une sorte de cour à demi couverte, où les forains entreposaient leurs bâches et leurs tréteaux.

C'est là que vivait mon meilleur ami, clochard professionnel. Il dénichait au fond des poubelles des trésors invraisemblables. Grâce à lui, j'appris la géographie souterraine de la ville, ainsi que des chansons qui avaient fait leurs preuves comme *L'Hirondelle du faubourg*, *La Chanson des blés d'or* et *L'Ami Bidasse*. Il savait travailler la ficelle, la mie de pain et le bon cœur des gens. Je lui amenai mon père, qui put constater d'où venaient mes nouvelles connaissances. C'est encore lui qui m'apprit à tailler des sifflets, à sculpter l'écorce, à respecter le pain.

Glanant partout les enseignements du monde des rescapés, j'en faisais un jardin secret. Ce qu'ajoutaient les bonnes, l'école, les voisines, mes parents, les visites aux vieilles tantes, les heures de solitude dans les champs ou dans le grenier parfumé de cire et de pommes, ne se mêlait ni entre ces catégories ni au jardin secret. Chaque rubrique devenait à mesure une réserve de remarques, d'impressions, à analyser plus tard. C'est à ce capital que je dois de survivre à la stérilité des briques. Mais j'y plonge à deux mains et rien ne vient le renouveler. Peut-être faudrait-il rester dans ce quartier plus que modeste où, à travers les chamailles et la graisse frite, existe la chaleur humaine.

La bouche de métro crache de plus en plus de monde. Je m'engouffre. La bonne chante en repassant sa chemise de nuit : « Quand j'danse avec mon grand frisé, j'en perds la têteu… » Avant, c'était *Le P'tit Bal Montparnasse*, qui scandalisa tellement ma mère lorsque je le chantai à mon tour pour la première communion de ma cousine Victoire. Mon regard glisse sur les stations du parcours. À Plessis, Justine et Julien ensorcellent à mort leurs poupées.

    – Ce soir, il faut vous coucher tôt. Vous avez mal dormi la nuit dernière et papa me dit que vous n'avez pas fait la sieste cet après-midi.
    – C'est pas de notre faute, on avait peur !
    – Quand vous serez au lit, je resterai un peu dans ma chambre, tout près. Demain vous aurez oublié tout cela.
    Combien de semaines faudra-t-il, soir après soir, pour extirper l'angoisse née d'une parole fielleuse ?
    Pour les petits sauvages, le sang et la mort font partie de la vie. Quand les saucissonneurs du dimanche disent « C'est joli », en écoutant les oiseaux, le primitif distingue, entre les bruits de la forêt, les chants d'amour et les cris d'agonie ; il y perçoit le frôlement de la bête de proie, le langage du vent, la signification d'une corolle trop tôt refermée ; il sait lire le monde sensible. Justine et Julien ne connaissent du monde que sa version cérébrale, ou pire, télévisée, quoiqu'ils ne sachent pas encore comment la déchiffrer. Toute alerte les trouve sans défense.

14

La cavatine de Rosine vrille le plancher, reprise par Justine qui s'essaye à *Una vocce pocco fa*, devenu pour la circonstance « on avance et coq au chat ». Une telle phrase était évidemment promise au succès, et Julien lui-même redemande du *Barbier de Séville.* J'ai omis de leur expliquer qu'on ne chante pas une sérénade à six heures du matin et, tout à l'émotion esthétique, ils ne lésinent pas sur les décibels. Dans une demi-inconscience, je rends grâce de n'avoir point de voisins du dessous. Un coup d'œil à Simon me confirme son invraisemblable capacité de sommeil.

Au moment où j'ai réussi un angle de quatre-vingt-dix degrés avec le lit, Julien surgit dans l'encadrement de la porte, bondit sur Simon et moi avec des Ya-hou ! à déterrer la hache de guerre.

— Maman, t'es merveilleuse !

— Et toi, tu es mon petit soleil surprise, le grand chef des Réveille-Toi-Maman, le plus beau des petits garçons qui mettent leur chandail à l'envers.

Julien rit, m'étouffe, puis regarde son chandail, désappointé. Les coutures sont à l'extérieur et l'étiquette tirebouchonne sous son menton.

– D'ailleurs, regarde, la plus belle maman du monde a le pyjama de travers et les cheveux en broussaille ! Viens, on va se faire une beauté, tous les deux.

Pour ôter plus vite le pull fautif, Julien se laisse choir sur les côtes de Simon, qui grogne et se retourne, sans pour autant s'éveiller.

En bas, les derniers accords de *La Calomnie* s'éteignent, remplacés par le pas de Justine dans l'escalier.

– Coucou, maman ! Tu es réveillée ? C'était beau, hein !

– Magnifique. Mais j'aurais bien dormi encore un peu. Je me couche tard, tu sais, pour que vous ayez tous les deux du linge propre, des fonds de culotte sans trous et de bonnes choses à manger même si je ne suis pas là. Venez déjeuner.

Avant que j'aie pu trouver mes babouches, Justine et Julien sont venus à bout de la béatitude de Simon. L'un tire sur le bras, l'autre cogne à travers la couverture. Aussitôt que Simon ouvre les yeux, ils hurlent en chœur : « Tu as promis qu'on irait à La Futaie s'il faisait beau ! »

Simon tire les rideaux, encadre sa nudité dans la fenêtre et constate : ciel intégralement bleu. Nous irons donc à La Futaie.

Tandis que nous quittons l'autoroute Métropolitaine pour l'autoroute de l'Est, le paysage change radicalement. La route émerge des dômes et des « arbres de Noël » des raffineries pour diviser, d'un ruban rectiligne, toute l'étendue qui gît sous le ciel en uniforme bleu. Étendue où alternent, en taches arrondies, le noir des bois et le blanc de la neige. C'est ce désert tricolore que l'on peut, des jours durant, traverser sans rencontrer âme qui vive. Ici aussi, les frontières et les activités s'effacent sous le poids de l'hiver. Le continent affirme sa millénaire unité et nous ne pouvons que nous incliner, laisser au froid toute la place hormis ce ruban où l'homme répète obstinément ses trajets d'insecte.

À La Futaie, la neige dépasse en hauteur la barrière d'entrée et la clôture. La porte de la maison est à demi enfouie. On marche presque au niveau des fenêtres. Les enfants courent vers le fleuve, que seule la dénivellation permet de repérer. Simon les ramène.

Tandis qu'il dégage la porte de la maison, j'accompagne Justine et Julien dans leurs retrouvailles avec la nature. Tout à coup un filet de fumée concrétise au-dessus de la cheminée les efforts de Simon : la maison est sortie des glaces.

La cuisine, dont les contrevents obstruent encore les fenêtres, semble un antre ténébreux après la clarté du soleil. Le feu de bois qui crépite dans le poêle n'arrive à dissiper ni l'odeur de catacombes qui saisit à la gorge ni le froid humide.

– Simon, mangeons dehors. Il fait trop sombre. On dirait un pique-nique dans la cave à Plessis…

– Que Madame se donne la peine de s'asseoir, la maison sera vite réchauffée.

– Simon ! Ne fais pas le petit vieux ! Viens donc dehors. Ce n'était pas la peine d'aller si loin pour s'enfermer.

– Mais on n'est pas sur la Côte d'Azur, ici ! Il fait moins dix !

En quelques minutes à peine, les doigts dégantés rougissent et s'engourdissent, le gel gagne les pieds immobiles, le pain craque sous la dent, mais pour Justine et Julien, l'éblouissement bleu et blanc, le chant des oiseaux enveloppent d'une nouvelle magie le paysage familier. Tout en croquant des raisins secs, ils dansent une sorte de rituel barbare : c'est leur façon de planter le drapeau sur un territoire vierge. Voilà qui apporterait de l'eau au moulin de tante Fausta…

15

— Tu rêves ?

Simon, entré à pas de chat dans la cuisine, me surprend accoudée à l'évier, le regard éparpillé en une multitude d'horizons intérieurs. Si je fixe la fenêtre, c'est par solitude, par conditionnement, car ce qu'elle offre de paysage a depuis longtemps cessé de coïncider avec la définition d'horizon. On n'y aperçoit en effet que des briques et des clôtures entre les branches nues des érables.

— Oui. Autrefois, c'était ma période de fugues. Quand l'hiver me pesait, je lâchais tout et je sautais dans un train, le premier qui passait. Je ne suis faite ni pour l'hiver ni pour rester en cage, encore moins pour partager ma cage avec d'autres. J'ai besoin d'évasion. Peux-tu me dire ce que je fiche ici ?

— Je n'oserais te le demander. S'il ne fallait pas garder Justine et Julien, j'irais marcher un peu avec toi. On manque sérieusement d'exercice.

— Pas seulement. On dirait que le mouvement ralentit, que les mêmes situations se reproduisent éternellement. Cela devient étouffant. Je ne m'habitue pas du tout à ce temps uniforme prisonnier de la neige.

Pour moi, la semaine sainte, cela a toujours été des envolées de cloches, des reposoirs, des brochettes de petites vieilles aux offices, des chapeaux de paille, des giboulées, des arbres en fleurs... Des parfums, des bruits, une effervescence. De la vie, tu comprends ?

– Il ne fait pas si mauvais que cela. Va marcher dehors, je reste ici. Les petits dorment, ils seront faciles à garder. On voit même le gazon, par endroits. Bientôt on pourra sortir sans bottes.

Sur l'asphalte irrégulier de la cour, un soleil fade joue avec les reflets d'huile dans les flaques d'eau, entre deux étendues de neige lépreuse. En levant la tête, on aperçoit les ramifications d'un système nerveux qui se perd dans le ciel, en noir franc sur blanc malade. C'est en mai seulement que les arbres recouvreront leur condition d'arbres. L'amertume m'envahit, de ce printemps escamoté.

Dans le fond du placard le plus inaccessible de la cuisine, les ails, les oignons, les pommes de terre lancent des pousses éperdues vers le seul rai de lumière qui filtre jusqu'à la planche du haut. Un trognon de chou germe dans un tiroir du réfrigérateur. Les matous et chattes, en transe, font retentir les bancs de neige de vocalises énamourées. Et la terre ne s'ouvre pas. Non, elle reste dure comme du béton là où elle apparaît, répondant au pied par des sonorités de métal, indifférente à tant de germination. Cette obstination d'hiver, cet acharnement à ne pas céder la moindre parcelle d'elle-même me désoriente chaque année. Où sont les sillons généreux qui verdissent au premier soleil ? Où sont les hymnes d'avril qui vous entraînent le cœur à la poursuite du vent, aussi légers qu'un de ces nuages fugaces, ombres blanches comme amandiers en fleurs ?

Une grosse femme martèle le trottoir en direction du centre commercial. Où irait-elle sinon là ? Et où irais-je, sinon là ? Bientôt, on pourra sortir sans bottes mais on continuera de se diriger vers le centre commercial, dont les ventes-réclames tiennent lieu de fêtes saisonnières. Jamais la théorie de Gilles n'a semblé plus appropriée, Gilles qui qualifie la terre de colonie pénitentiaire du cosmos.

Toute une nuit, Simon et lui ont débattu de cette question. Gilles avait fini par extorquer à Simon la promesse d'une pièce sur ce thème, non sans prodiguer ses conseils tactiques.

— Je te le dis, moi, tu devrais écrire pour la télévision. Le théâtre, c'est bon pour l'histoire des croisades.

— Tiens, avait tranché Simon, en tendant son stylo à Gilles, écris toi-même.

Et il était retourné aux profondeurs labyrinthiques de l'âme, maugréant contre ces impuissants de professeurs qui ne savent que discourir sur les œuvres d'autrui.

J'ai toujours admiré chez Simon, comme chez nombre de créateurs, cette étonnante capacité, voisine de la candeur, de se rendre imperméable à tout ce qui n'est pas leur production ou leur conviction — ce qui revient au même, en général. Capacité nécessaire, rempart à l'abri duquel se consolide un immatériel édifice de rêves, d'émotions, de chimères, à l'abri duquel l'éternité sécrète le philtre de vie. Elle choisit dès l'embryon ceux qu'elle enchaînera à ses desseins, les nourrit de sa substance puis, par ceux qu'elle a façonnés et contre leur volonté s'il le faut, elle exprime une des notes du chant du monde. Note unique, préméditée, élaborée, parfaite. Tout ce qui est nécessaire doit s'accomplir, même si l'immédiat semble dérisoire. Un but y est présent, qu'il appartient peut-être à d'autres de déchiffrer et, jusqu'à ce qu'éclate un final à transporter les montagnes, chaque note souffre de solitude et de doute, chaque créateur connaît le désespoir et l'impuissance, passe pour un égoïste, un maniaque, un simple d'esprit, alors qu'il est seulement très menacé. Il façonne le monde et n'a que peu de temps.

Je songe avec pitié au manuscrit cent fois repris, cent fois laissé, aimé et haï, cent fois écrit par d'autres dans le passé, le présent et le futur (et cent fois mieux). Aucune œuvre non plus n'est unique, en ce qu'elle exprime l'homme, l'homme éphémère. Cependant, de tous ces ouvrages de proche parenté, une note unique se détachera. Quelques rares personnages, éminemment malheureux et privilégiés, assument seuls le poids de toute une note. Pour d'autres, la note surgit de l'union des voix. Ma part, fruit de la dispersion, ne peut être autre chose qu'un discret accompagnement. Mais elle est nécessaire aussi, et tout ce qui est nécessaire doit s'accomplir.

16

La ligne des gratte-ciel, sombre sur la brume tiède, reprend en un contrepoint carré la ligne souple de la butte et l'envolée du pont. De loin, malgré son caractère artificiel, la cité s'intègre à merveille à l'environnement ou à ce qui en subsiste, soulignant la majesté du site.

Là-bas, à Saint-Celse, la colline ancestrale, ronde comme un sein généreux, s'est ouverte un jour sous les pelles mécaniques. Un sang d'ample terre rouge a coulé de la blessure. On a suturé la cicatrice de grues métalliques et, sur la colline mutilée, pareils à des abcès, ont poussé les cubes de béton. Non, ce n'est pas beau à voir. Depuis qu'il existe des hommes, la pierre avait engendré leur habitat, comme un prolongement spontané. L'écaille du serpent avait inspiré le jaune et le brun de la tuile vernie, la vigne grimpait aux façades, on taillait le vantail des portes dans le même bois que les tonneaux. Et voici que surgissent les intruses venues on ne sait d'où, sorties tout armées du cerveau d'un industriel, des boîtes sans cave, sans racines, sur lesquelles aucune légende n'aura jamais prise, digne produit de la colonie pénitentiaire. Cette lèpre monotone, cette disgrâce, ronge pêchers et amandiers, vignes et luzernes, déloge les potagers, accule les dernières plates-bandes au suicide, étouffe le noyau villageois prisonnier de la marée de béton. Les vieux qui connaissaient chaque caillou du chemin, chaque touffe d'herbe, se déplacent malaisément par les rues nouvelles, étrangers sur leurs terres colonisées par les Martiens. En cinq ans, l'univers est devenu artificiel.

À l'horizon, les deux collines se superposent, l'une stérile depuis deux siècles, belle d'une beauté de pierre apprise, presque originelle, conforme en tout cas au génie du lieu, l'autre humiliée, défigurée, pathétique comme un pays vaincu.

Je salue les ouvrages ambitieux qui atteignent à la grandeur, mais ceux-ci ne sont pas légion. L'épaisseur obtuse du ciment et du bitume, dont on couvre sans discernement les paysages façonnés par l'union millénaire des hommes et de la nature, me désespère. À mon univers sensuel, divinatoire, il faut des mouvances, des vibrations, des brises. Je perçois au fond de mes os les craquements inaudibles du monde végétal. L'harmonie des silhouettes urbaines, à l'horizon du fleuve, fait surgir en moi comme un deuil le souvenir de l'outrage fait à mes collines.

Des frissons acidulés passent sur le gazon renaissant ; la légèreté des premières feuilles, encore pliées, et des chatons transparents fait aux arbres des courbes floues, tel le duvet au menton d'un tout jeune homme. Un merle profite d'un soudain silence pour lancer un chant d'un autre âge, un chant gothique, jusqu'au faîte du ciel. C'est presque miraculeux. Et pourtant...

ce n'est pas tout à fait cela. C'est trop près. Trop près du fatras, du bruit, des cordes à linge. La vie ne peut pas vivre. Elle prend son élan des dizaines de fois tout le long du jour, et retombe. Le soir, épuisée, elle vomit la lumière des cuisines, les cris des enfants, les chiens qui font avec leur maître le « tour du bloc » en égrenant des pipis symboliques. Au coin de la rue, un arbre pour parc impérial, au parfum vertigineux, prostitue sa floraison blanche entre les autobus et les lampadaires.

Étourdis par le passage brutal de l'hiver à l'été, à peine le temps d'un clin d'œil au printemps, crocus, tulipes, jonquilles, bicyclettes, ventes-réclames de piscines, projets loufoques, surgissent à toute vitesse, à tort et à travers. C'est le délire. À la faveur d'une heure un peu plus chaude, un peu plus stagnante, la senteur familière des sous-produits sulfureux s'infiltre, rôde sournoisement, mais n'ose encore s'installer. Elle vient reconnaître le terrain. À ce printemps fulgurant, à cette bousculade, vont succéder, je ne le sais que trop, les jours désespérément plats, insupportablement lourds, d'un été de fond de cour : il ne sera pas question, cette année, de vacances à la mer. Mai et juin participent encore de la grâce du renouveau. Des souffles les agitent, des parfums jeunes, des réveils, des apparitions : une touffe de pivoines, un carré de persil, une sauterelle. Puis le calme retombe, poussiéreux.

Justine et Julien s'aventurent sous l'unique arbuste de la cour avec des mines majuscules, tout comme s'ils pénétraient les terres vierges du Mato Grosso. Simon veille avec une sollicitude disproportionnée sur une demi-douzaine de bulbes d'anémones, dont deux ont consenti à produire un centimètre de tige.

– Il faudrait faire venir un camion de terre. Avec un terrain pareil, on n'arrivera à rien.

– Pour six anémones ?

– On pourrait faire un jardin, un potager, planter des tulipes…

– Et en vendant les surplus à la ville, on amasserait une jolie fortune. Cela pourrait se faire si nous ne partions pas deux mois à Saint-Celse. C'est chaque année la même chose : on plante, puis on s'en va. Les fleurs font ce qu'elles peuvent, les malheureuses, mais elles sont assaillies de partout. Le soleil, les mauvaises herbes, les insectes. Cette plate-bande, c'est un petit Viêt Nam…

Simon est ulcéré. J'ai touché à un sujet pour grands sentiments.

Aux balcons, les ménagères rentrent leur lessive avant le repas du soir, dans le grincement aigu des poulies. À entendre ces appels d'arbre en arbre, j'imagine un instant quelque barbare accouplement de cordes à linge. J'en ris tout en salant pour la deuxième fois les spaghettis.

Tout à l'heure on verra la réapparition des crépuscules d'un rose mourant. C'est en quelque sorte le signe de la rémission, après les violences rouges du froid. Toute agitation calmée, le soir élargit l'espace. En levant la tête, on peut, par les cimes jointives des arbres, se donner l'illusion d'une nature vierge, ininterrompue. Si l'œil, par mégarde, rencontre un fil, une corde, il peut alors chercher plus haut, à la rencontre du ciel où les hommes n'ont encore inscrit aucune de leurs divisions. Ce ciel qui fait de Saint-Celse et de Plessis un seul domaine, si l'on veut bien passer par-dessus quelques petits obstacles.

Cependant, il ne suffit ni de fixer les étoiles ni de fermer les yeux pour retrouver les harmonies anciennes. Que ne donnerais-je pour être assise encore sur certain petit mur de pierres chaudes, à recueillir dans la nuit l'âme du village ! En l'honneur de ce soir transparent, aujourd'hui comme hier, avant la saison des barbecues et des combats de musique sur les patios, l'envie me vient de dresser une table de fête.

Simon qualifie mes préparatifs de raffinement décadent et s'inquiète de ce que vont penser les voisins, mais il est bien aise de s'asseoir sous les érables devant une nappe blanche. Il y a du reste longtemps que les voisins se sont fait une opinion sur nos agissements. Simon porte sans aucun complexe des costumes qui étaient déjà démodés il y a dix ans et des souliers comme les curés de campagne n'osent plus en mettre ; ni lui ni moi ne nous conformons aux horaires et aux comportements standards ; nous n'arborons aucun signe extérieur de prospérité, mis à part le voyage annuel à Saint-Celse, mais nos mœurs passent d'habitude pour liées à un niveau de revenu qui, de toute évidence, n'est pas le nôtre. Il est bien difficile de nous ranger dans une catégorie.

Lorsqu'il s'agit de la famille, toutefois, un respect superstitieux s'empare de Simon. N'ayant jamais connu que la fantaisie ou, à la rigueur, les visites à tante Marie, j'entretiens à l'égard des rites et préséances la plus totale incompréhension — incompréhension mêlée d'horreur.

Aux retrouvailles du clan Granville, à saveur de complot, je figure en imagination quelque chose comme le traître. Il n'en reste pas moins que mes incongruités désorientent aussi tante Fausta. Celle-ci considère comme un affront personnel que je puisse dormir sur le canapé du salon, écrire sur la table de la cuisine, manger dehors. « Quel désordre ! » soupire-t-elle, sincèrement affligée. Dans sa perspective, mieux vaut s'engloutir dans l'obscurité étouffante du salon, tous rideaux tirés, ventilateur en action, que s'asseoir à la brise sur la terrasse. « Cela fait commun », affirme-t-elle. Par la même occasion, le gazon inégal, martyrisé, de la cour, le bois écaillé de la galerie évoquent pour elle la promiscuité des malheureux en maillot de corps confinés à leur balcon les soirs de canicule.

N'est-ce point d'ailleurs une forme de misère que de se trouver, dans un espace pourtant suffisant, encerclé du déchet musical des autres ou du fumet de leurs sauces, de voir malgré soi leurs caleçons suspendus à travers les branches ? Je suis chez moi, mais je le suis comme l'ours polaire dans sa cage au zoo. Observée, envahie.

Oui, je suis dans la famille en périlleux équipage, et pressée de retrouver ce qui m'est vraiment familier, pressée de toucher du doigt ma liberté et d'en vérifier les contours.

Ce sont les pensées mêmes que Simon entretient à Saint-Celse. Le savoir mutuellement sans jamais l'éprouver en même temps donne à notre association sa couleur particulière, sa nostalgie un peu grinçante. Nous ne serons, nous le savons bien, jamais « installés ». Nous sommes bien trop enracinés pour cela. Enracinés en des terres contradictoires, exilés sur nos propres terres, tourmentés par la pensée d'ailleurs aussitôt que nous arrêtons quelque part. Sombre destin, dont Racine et Corneille eussent tiré des effets grandioses. L'un eût joué des déchirements secrets de l'âme, l'autre de l'honneur et du devoir. Simon rêve de n'avoir pas à quitter sa tour d'ivoire, qui inclut La Futaie, pour y explorer à l'aise des paysages intérieurs. Je rêve de retrouver un lieu où l'on peut se croire seul parce que nul ne vous accapare, où l'on perçoit cependant la rumeur de l'humanité et des choses pour l'incorporer, en bloc, à son propre métabolisme. Un petit mur de pierres sèches, par exemple, à l'extrême bord du village. Le bain de quiétude, les bruits de la cuisine depuis le lit où l'on soigne ma rougeole.

Les enfants dorment, le voisin fume la pipe sur sa terrasse. Fugitivement, un vieux pêcheur hollandais émane de l'ombre. Un seringa et un chèvrefeuille encensent la nuit. Des vagues bleues volent en éclats brillants sous des eucalyptus ; la dernière laisse sur le sable comme une soie. À l'hôtel, le marbre est chaud sous les pieds ; on le quitte pour aller respirer les ruelles bordées de lierre et de magnolias qui, toutes, mènent au lac de Côme. Des cyprès magiques se dressent dans l'ombre. Tout à coup, Pink Floyd attaque. La nuit redevient un carré de gazon noir, le sombre destin une petite douleur sourde, presque somnolente.

« Tenez ! » dit madame Jeanne en posant sur le coin du bureau le plateau d'une généreuse collation. « Vous avez oublié de déjeuner. Ah, si vous n'aviez pas votre vieille Jeanne, vous n'en sortiriez pas vivante, de ces examens... »

Son dévouement me touche et m'importune aussi. J'appartiens à cet âge inquiet et susceptible auquel tout geste un peu prévenant remue en une mixture ambiguë confiance enfantine et agacement. Mais madame Jeanne a le bon goût de ne jamais insister. D'instinct, elle perçoit qu'il ne faut pas mettre en fuite la ligne de travail. Elle se retire avec une ostentation comique, son corps trapu tout empaqueté de toile noire suspendu à l'esquisse d'un pas silencieux.

Parce qu'elle était chargée de l'« intendance » et des besognes ingrates, elle m'apparaissait à l'époque uniquement préoccupée de détails matériels. Que l'on vînt troubler, pour des mesquineries telles que la qualité de la confiture ou le nombre de sucres dans le café, le cours de nobles pensées, m'irritait. Que tout cela ait coûté des pas, du temps, du cœur, je le soupçonnais par intermittence. Et voilà que je vais annoncer à Simon que le *snack* du soir est servi. Simon va grogner : « Hon, hon. » Je sais bien que le fil va se rompre, que Simon retombera dans le quotidien et m'en fera sûrement grief en son for intérieur, même s'il ne se dérange pas. Et pourtant, je ne puis déjà plus faire autrement. Curieux glissement qui fait de Simon une sorte de moi à reculons et de moi une Jeanne anachronique, comme si quelque nécessité voyageuse venait habiter tour à tour l'apparence de Jeanne, de Simon, de Constance, et les manipuler ainsi que des marionnettes.

— C'est étrange, remarque Simon. Cette année, tu n'as pas fait ta crise du mois de mars.

— Non, j'ai atteint à l'indifférence stoïcienne, au non-espoir.

– Qu'est-ce que tu racontes là ?

– Parfaitement. Tu as observé les animaux prisonniers ? Au début, ils se débattent à tort et à travers, se
cognent partout, gaspillent leur énergie. Puis quand ils
s'aperçoivent qu'ils sont bel et bien coincés, ils se mettent en veilleuse et ne bougent plus. Pour souffrir, il
faut espérer.

– Donc, si j'interprète bien, tu es en cage.

– Plutôt anesthésiée, comme après une trop longue
opération qui m'aurait enlevé les organes de la sensibilité.
Ce qu'il fallait pour transformer Constance en robot qui
marche très bien et ne s'insurge plus. Content ?

– À t'entendre, on croirait que c'est le but de ma
vie…

– En un sens, oui, ça l'est. Ça t'arrange tout de
même d'avoir une bonne petite femme qui répond au
téléphone quand tu n'as pas envie d'être interrompu
et qui vient t'avertir quand le repas est prêt, même si
elle sait qu'il faudra le réchauffer plus tard. Je finirai
peut-être par regarder le hockey à la télévision.

– Préférerais-tu que nous allions vivre en France ?

– Je ne préfère plus rien, et ce n'est pas en te démo-
lissant toi aussi que les choses s'arrangeraient.

Une fois de plus je tends la perche à Simon. C'est
l'heure de l'exercice de grandeur d'âme réciproque qui
n'engage à rien. Cent fois, j'ai joué les désintéressées,
espérant une protestation, cent fois Simon a saisi le
salut au vol.

– D'ailleurs, c'est vrai, tu as ta situation ici. Ce
serait dommage de renoncer.

Et voilà. Cent une. Il est en effet préférable de
jouer la carte du non-espoir.

L'insensibilisation n'est pas trop difficile à obtenir si l'on bannit tout retour en arrière, toute remise en question. Et il n'y en a pas si l'on cesse de se sentir concerné par le printemps, si l'on met des murs, des vitres, des moustiquaires, entre la joie et soi. Privé de liens charnels avec le vent qui joue dans les feuilles, on finit par oublier l'appel du large et par se satisfaire des salons climatisés et des légumes en cinémascope. Le cœur se cuirasse puis se dessèche, l'esprit s'assoupit. Enfin on ne veut même plus entendre parler de ce monde réel qui vit, grouille, sent, bruit, qu'on ne comprend plus. On lui préfère un concept bien ordonné, une image immuable qu'on peut s'approprier sans rien déranger. Le reste se calque dessus. Rien ne doit ternir l'inox et l'émail dans la maison, pas un cheveu blanc, pas une ride ne doivent trahir le passage du temps. Derrière le décor, on peut se croire hors d'atteinte du dieu et de ses exigences. Justine, Julien, que vous restera-t-il ?

17

Silencieuse, la garde-malade va et vient sur la moquette que le gouvernement a mise là exprès pour faire ressortir sa blancheur. De temps à autre une voix grésille dans l'interphone, aussi feutrée que les pas sur la moquette : « Docteur Davis, docteur Labrecque, docteur Katajian, docteur Nachstein... »

La litanie pour initiés dérange à peine la léthargie des patients dans la salle d'attente. Tassés au fond des fauteuils de plastique rouge ou blanc, l'œil vide, ils semblent égarés dans un décor trop gai. La fatigue ou la souffrance qui marque les traits de plusieurs en devient presque choquante. Dans chaque bureau numéroté, nickelé, moquetté, un humanicien attend parmi ses pinces et ses clés à molette pour viande en détresse qu'on téléguide vers lui l'homme à rafistoler en dix minutes.

« Garde Vadeboncœur, docteur Dortman, bloc opératoire deux... »

Une seconde, j'imagine les pompes à sang. Ordinaire, super, diesel. Puis je sombre de nouveau dans la torpeur collective, la tête bourdonnante de fièvre. Le docteur Saint-Clair vient, lui, dans la demi-journée, quand ma mère me couche dans son lit. Les bruits de la cuisine, rassurants, me parviennent atténués par la cloison et la maladie. Des pas précautionneux m'apportent des tisanes, tamisent la lumière ; des mains fraîches se posent sur mon front, redressent l'oreiller, manipulent des cuillers. Puis le docteur Saint-Clair ouvre sa sacoche, ajuste son stéthoscope, enferme le poignet de ses doigts infaillibles, parle d'une voix unie, joviale, assure que dans deux jours il n'y paraîtra plus. Toute l'activité de la maisonnée se concentre dans la production de cataplasmes et de bouillons. Pour la forme, je mime, selon les circonstances, douleur ou dégoût, tandis que le cocon familial se tisse autour du lit.

– Votre carte, madame Granville ! Prénom ?

Mécaniquement, je décline identité, immatriculation. Cylindrée ? Non, adresse seulement. C'est curieux que le propriétaire ne soit pas venu lui-même. Simon doit se demander ce que je fabrique, je devrais être rentrée depuis plus de trois heures.

Le fauteuil de plastique me tale le postérieur. J'ai lu la moitié d'un livre de poche triple et mes yeux larmoient de fatigue. Que faire, sinon m'écraser comme tout le monde, corps de plomb et esprit paresseux ?

Tout à coup je sais pourquoi je n'ai pas fait de crise d'indépendance, ce printemps. C'est que je n'étais pas couchée sur le dos sur le canapé du salon, à examiner les bourgeons, le ciel d'un bleu trompeur et le balancement un peu trop vif des branches. Chaque fois, toutes ces années, je m'y suis laissée prendre. J'ai laissé l'enthousiasme monter, laissé l'inconscient amalgamer au présent des images d'une autre réalité, associer au ciel pur et aux bourgeons les parfums, les tiédeurs, la débauche de fleurs dans les vergers qui n'ont rien à voir avec la terre d'ici. Le vent continuait à déchirer la peau et la neige à emprisonner les pousses. De ce duel de significations, je sortais en charpie, exaspérée de tant de réserve. J'ai peut-être enfin compris, cette année, puisque je n'ai cessé de confronter au sol les progrès du ciel, me gardant de tout élan prématuré, de tout sentiment.

Les infirmières de service téléphonent, enregistrent des arrivées, appellent des patients, compulsent des dossiers, arpentent la moquette, prennent un café, se saluent.

— Venez, madame Constance.

L'emploi du prénom a de quoi surprendre dans cette atmosphère strictement fonctionnelle. Une infirmière que je n'avais pas remarquée débouche d'un couloir voisin. Son visage animé, l'intérêt qu'expriment ses yeux, contrastent avec la froideur générale. Au soulagement que m'inspire l'arrivée de cette fille, je prends conscience de toute la tension accumulée par les êtres silencieux qui guettent leur nom à l'interphone.

— Passez au bureau numéro six, le docteur Nachstein va vous recevoir.

Ça y est. Me voici au royaume des clés à mollets, des clapetons à zinzins, des pinces à panards, du coton à gaz et des bandes nimbo-pelviennes. Un courant de sympathie me porte vers les rats de laboratoire. Le bureau numéro six prend tour à tour des allures de chambre froide et de salle des tortures avec sa table à étriers et ses lames inquiétantes.

Par une porte entrouverte, j'aperçois une petite fille avec sa mère. À peine six ans, peut-être moins, et déjà tout le portrait de madame Mère. Tous les tics en réserve, les dents en or en puissance, de petites varices prêtes à surgir, endormies au creux du genou. Une belle enfant apparemment intacte, qu'il suffit de voir accompagnée de sa mère pour soupçonner le ver dans le fruit. Justine et Julien, adolescents, découvriront eux aussi le poids d'être nés d'un autre, et voudront le rejeter. Enfants, ils ne doutent pas de leur intégrité. Docteur Nachstein, livrez-leur une hérédité en bon état !

— Alors, qu'est-ce qui ne va pas ?

L'œil perspicace et, pour tout dire, humain, une pointe d'accent, un air de sollicitude, le docteur Nachstein n'a pas attendu la réponse pour évaluer les dégâts.

— Mais vous avez de la fièvre ! Attendez, je vais prendre un thermomètre. Asseyez-vous. Vous savez, j'ai l'habitude, je vois cela tout de suite.

Alors, stupidement, songeant aux enfants qui m'attendent pour dîner, à Simon qui va demander si c'est contagieux, à tante Fausta n'espérant plus que mon arrivée pour raconter les mille anecdotes du passé retenues toute la journée par égard pour le travail de Simon, je sens ma cuirasse s'évanouir et de grosses larmes me monter aux yeux. Pour un peu, pour une seconde d'attention véritable, je pleurerais comme une gamine. Le docteur Nachstein scrute des yeux mes efforts pour garder bonne figure, mais elle ne pose aucune question.

— Excusez-moi, docteur, j'attends depuis tellement longtemps…

— Oui, oui, je comprends. Je vous prescris un antibiotique et, surtout, du repos.

Du repos ! Vaisselle, bain de Justine et de Julien, lessive et raccommodage, dépouillement des plans de travail des étudiants, tel est le programme rien que pour ce soir. Sans compter l'oreille à prêter à tante Fausta, qui a de nouveau transporté chez nous ses pénates.

– Si cela ne va pas mieux lundi, revenez me voir. Sans faute.

La tête sonnante et trébuchante, me voici sous la pluie, replacée entre les rails du quotidien. Pour m'être écartée quelques heures de la routine habituelle, il va falloir payer tribut, accélérer le service ce soir. Quelle femme libérée je suis ! La voisine qui peint des petites fleurs pendant que ses fils sont à l'école et son mari dans les embouteillages glisse un regard d'envie vers ma serviette bourrée de livres. Peut-être l'imagine-t-elle remplie de billets de banque.

Je me plais à inventer un Balzac qui aurait consacré tous ses loisirs au raccommodage et au lavage des planchers, un Henry Miller qui aurait conservé son emploi au bordel cosmococcique, un Hemingway qui serait rentré tous les soirs à cinq heures pour tourner le bœuf miroton, tout en racontant l'histoire de la petite coccinelle qui n'avait pas de points sur les ailes, Socrate en salopette et du coton dans les oreilles, taillant ses rosiers après sa journée à l'usine, Schopenhauer calculant ses jours de congé payé, Dante pointant chez Lucifer, Rousseau à une réunion du comité pédagogique, Hugo en tablier de cuisine. Au secours !

Tous les gens qui naviguent ramassent des matériaux, lisent, vivent, en attendant de s'asseoir seuls avec plume et papier, me font la nique. L'acte d'écrire me soulève d'un profond écœurement, puisqu'ils ont déjà tout dit. D'autres, mes contemporains, plus doués et plus disponibles, ont senti et exprimé de toutes les manières voulues ce que je perçois maladroitement entre deux métros. Le bureau lui-même, refuge contre la marée domestique, est d'abord le bureau de Simon, qui l'occupe toute la journée. J'aurais besoin de temps pour y nicher aussi mes ondes, avant de pouvoir concrétiser mes velléités d'envol. Lequel envol ne saurait mener bien loin puisque ma chaise est acculée à la bibliothèque et la table collée contre une fenêtre qui ne s'ouvre pas. La fenêtre a pour paysage les murs de brique des autres maisons. Si je lève les yeux, je vois Simon au travail et derrière lui sa propre bibliothèque. Pas un pouce libre pour une pensée capricieuse, un méandre ; pas un instant à gaspiller pour une balade sans but, pas d'ouverture au parfum du monde que véhicule la brise.

J'avais beau railler jadis l'Évangile selon saint Marx, ses infrastructures et ses superstructures, je constate qu'un bain prolongé dans ce cadre dissout bel et bien l'imagination. Je me croyais fondamentalement libre, alors que je l'étais dans un milieu bien particulier. Encore cette échappée vers le réduit que Simon et moi appelons bureau représente-t-elle un luxe.

Tout le collège se réjouit pour moi de telle promotion qui va me livrer un peu plus au mécanisme terrifiant qui digère l'esprit humain, assimile les réflexes professionnels et rejette comme vulgaire déchet ce par quoi l'humanité a jusqu'à présent progressé. L'utile à court terme ne l'est pas nécessairement à long terme. Et voilà remise en question une certitude que je croyais inattaquable : ce bureau étriqué, qui est tout sauf le lieu de retraite qu'il faudrait, prend, par l'amenuisement du temps, figure de havre quasi inaccessible. L'ancienne disponibilité perd ses contours dans une impression vague. L'accoutumance, contre quoi je lutte depuis toujours, s'installe avant même la répétition, par simple inertie, par vacuité.

Étudiante au maigre budget, je déambulais partout sans frontières. N'ayant rien à moi, je pouvais considérer que tout m'appartenait, le temps surtout. Temps de l'entière liberté, proche des royaumes enchantés de l'enfance, alors que tout semble éternel et inépuisable. À présent que, pour célébrer la joie d'avoir un poste enfin rentable, je devrais faire des entrechats dans les couloirs, je prends intérieurement le deuil de ma féconde oisiveté, de mon humanité. Je deviens, jusqu'à ce que retraite s'ensuive, mercenaire et copie conforme. Pour un peu, je vomirais.

18

Le ciel a pris un bleu léger, à peine voilé. Les feuillages, légers aussi, font danser sur l'herbe des reflets aquatiques lorsqu'alternent, à la brise, semis d'ombre et de lumière. Des pivoines ont fleuri ; le seringa, étourdissant de parfum, appuie au laurier-rose un grésillement d'abeilles. Trois rues plus loin, une excavatrice broie du ciel et du silence, mais plusieurs épaisseurs de verdure en atténuent le vacarme. C'est l'heure quiète de l'après-midi où les voisines lisent ou tricotent, juste avant les retours d'école et le ronflement des tondeuses.

J'installe sur le patio une table pliante et une chaise de jardin. Les enfants jouent avec Sophie dans le carré de sable. Instant propice entre tous pour la grande aventure littéraire ! Il s'agit de ne pas perdre une minute, car de tels instants sont mesurés. Pourtant, rien ne se passe. Le fait même de me savoir en sursis borne étrangement l'horizon et le grondement de l'excavatrice paraît emplir non seulement les oreilles, mais encore l'imagination.

J'éprouve un violent besoin de flânerie, de vieilles pierres, d'espaces libres, de couleurs, de silence, de cris de mouettes et de bruits de ressac, de foule, de journées de marche, de gens bizarres. Bref, d'élargir les dimensions du réel. Des nostalgies me travaillent, où vole la poussière de foin sur fond de soleil couchant, où des silhouettes paysannes évoluent à contre-jour, où les départs pour l'inconnu ne sont pas chose impossible. C'est le point mort, l'angélus (qui l'eût cru !), le pèlerinage à Compostelle. Mais Simon n'est pas plus homme d'aventure que de Moyen Âge. Il est homme d'aventure, de paysages théoriques. De plus, partagerait-il avec moi ce goût persistant de l'ailleurs, que nous pourrions seulement en rêver. Alors je rafle subrepticement les dépliants des agences de voyages, pour y goûter tout de même la fraîcheur subtile des matins d'Écosse, l'odeur des souks, rêver d'une Bretagne gris tendre ou des ciels translucides « au pays de la douceur angevine », pour me perdre dans des forêts parsemées de lacs, pour respirer le varech ou la résine, pour m'enivrer du brouhaha des hommes par papier interposé. L'excavatrice fait des dépliants l'univers véritable et des fleurs de Plessis un musée de cire.

— Regarde, maman, ce que j'ai trouvé !

Au fond d'un récipient douteux, un grattouillis de pattes trahit l'activité d'une douzaine de cloportes dodus et débordants de vitalité.

— Regarde comme ils sont beaux ! Tu en veux un ?

Le cloporte frétillant au bout des doigts, Justine m'offre son trésor. Mais je n'ai pas le courage d'accepter. D'un galop à arabesques, Julien accourt lui aussi avec sa prise, une longue chenille verte.

— Tu préfères une mouche ? Je vais t'en attraper une.

— Et Sophie, qu'est-ce qu'elle a trouvé ?

Imprudente question !

— Sa mère l'a appelée pour aller au magasin.

— On sait pas quoi faire !

— Emmène-nous au parc…

— Pourquoi ne jouez-vous pas aux Indiens, en attendant qu'elle rentre ?

Il n'en faut pas plus pour déchaîner un tourbillon d'enthousiasme. En un instant, ils retrouvent une vieille épée de bois, qu'on couvre de papier d'aluminium, une poignée de plumes d'étourneau, un bout de chiffon, un ruban. Les flèches volent en direction de futures fraises des bois – là où Simon a pieusement détourné la tondeuse de quatre ou cinq fleurs hissant le drapeau blanc – vers les pivoines, faisant fuir un merle, vers les cimes des érables, vers le nombril de l'archer, dans la piscine des voisins, sur le patio, partout.

Sophie revient en pleine danse du scalp. Il s'agit ensuite de trouver pour elle des peintures de guerre. Enfin, dans un grincement de freins qui ne saurait appartenir qu'à la Renault, Simon fait son entrée, comme d'habitude, à toute vitesse, et freine à un demi-centimètre de la clôture. Les enfants s'éparpillent, envoient une grêle de flèches sur le cheval-de-fer. Julien, soulevé à deux mètres d'altitude, frétille autant au bout des bras de son père que tout à l'heure le cloporte dans la main de Justine, Justine qui saute et s'agrippe en criant : « Moi aussi, moi aussi ! » Sophie tourne autour du groupe en jetant des cris perçants.

Simon, qui vient d'apercevoir l'installation table-chaise-papiers-stylo, sourit.

— Tu as bien travaillé ?

— Fantastique !

— Tant mieux, tant mieux. Est-ce qu'on mange bientôt ?

— Où est tante Fausta ? Tu ne l'as pas oubliée à la banque, au moins ?

— Non, elle est allée voir Marjolaine. Elle sera de retour pour le dîner.

Par bonheur pour le progrès de mon idée fixe, aux paisibles après-midi d'été succèdent de longues soirées. Vaisselle, bains, rituel du coucher terminés, je traite par le mépris la corbeille où gonfle le tas de linge à repriser. Je me demande tous les jours où trouver l'énergie nécessaire pour défendre notre territoire contre les forces de destruction et d'envahissement. Maintenir aux lieux un aspect relative-ment inchangé est l'affaire d'une longue et persévérante bataille. Je sors le plus souvent épuisée de la lutte contre l'érosion matérielle, contre la convoitise sournoise des ennemis de l'extérieur, comme la machine fiscale, contre le zèle de tante Fausta pour la maîtrise de l'intendance. La cuisine en particulier est un royaume qui souffre difficile-ment deux souveraines. Il faut résister à toutes ces agres-sions, et résister à la poussée des pressions quotidiennes : courrier, factures, bobos, batterie à plat, amis à visiter ou à recevoir, acrobaties diétético-financières, échéances de col-lège, querelles intestines de collège, réunions, intrigues, rendez-vous chez le dentiste, renouvellement de passeport, téléphone, et quoi encore. Pour Simon, c'est la transcrip-tion de ses pièces, les formulaires en multiples exemplaires, la tournée des directeurs, les répétitions, les contrats, les contacts « utiles ». Inlassablement. Cependant, résister n'est pas pour autant avancer d'un pas.

Bien décidée à travailler positivement et non plus à seulement réparer des dégâts ou rattraper des retards, j'ai commencé à classer les menues paperasses où survivent les idées prises au filet un jour ou l'autre.

Simon déplie le programme du ciné-club. Le parfum de seringa s'insinue par la porte ouverte. On peut lutter contre toutes les tracasseries de l'existence, mais on ne peut pas lutter contre pareille invitation à la nuit. Dans le noir sur la chaise de jardin, à condition de fermer les yeux, il est encore possible de réaliser pour quelques instants sa propre unité.

— Tu devrais fermer la porte, les moustiques vont entrer.

J'envoie mentalement au diable tous les ciné-clubs, tous les moustiques, toutes les familles. Sur la terre dévastée, je ne laisse subsister qu'un seringa et une chaise de jardin.

— Que dirais-tu d'aller marcher durant des heures au clair de lune ? On s'arrêterait dans une prairie pour manger du foie gras sous les étoiles et on commencerait à vivre à partir de minuit, comme avant, au lieu de se créer des devoirs solennels et ennuyeux.

— Tu as toujours eu une curieuse conception du temps. Mais le pâté d'étoiles dans les marguerites, c'est loin d'être une mauvaise idée. Si tante Fausta…

— Maman… chuchote une voix. Je peux pas dormir, j'ai trop chaud !

Tel un fantôme, Justine en longue chemise de nuit blanche flotte sur le pas de la porte. L'heure de la récréation n'a pas encore sonné.

Tante Fausta insiste pour peler les pommes de terre. Les bras ballants puisqu'elle s'est emparée du couteau, je n'ai plus qu'à retourner bêtement me faire du café. Simon en profite pour mettre au point la sortie annuelle.

— As-tu téléphoné à Samuel pour le cinéma ce soir ?

— Pas encore. Téléphoner aux gens un samedi dès neuf heures du matin...

— Samuel est un maniaque. Congé ou pas, il est incapable de flâner.

Tante Fausta s'esquive dans sa chambre, laissant sur la table une rôtie entamée et la moitié de sa tasse de thé.

— Je vous laisse, si vous avez à parler.

— Voyons, tante Fausta, nous ne sommes pas une société secrète ! Pourquoi ne prenez-vous pas votre petit-déjeuner ?

— Hé bien... j'ai souvent l'impression d'être de trop...

Par égard pour Simon qui doit tout de même une fière chandelle à tante Fausta, je m'abstiens de renvoyer les balles piégées. Je décroche simplement le téléphone pour signifier à Samuel que notre Fellini tient toujours pour ce soir.

À midi tante Fausta apparaît dans la cuisine, ses valises à la main, alors que tout le monde passe à table.

— Je vais vous laisser finir la journée tranquilles. Vous pourrez venir me chercher demain matin si vous voulez. Vous aurez votre soirée, je ne veux pas vous gêner.

Consternés, Simon et moi échangeons un regard lourd d'orage. Heureusement, je n'explose pas et Simon ne laisse pas paraître la moindre contrariété. Il offre à tante Fausta de rester au moins à déjeuner, mais elle n'a pas faim.

Dans la cour, le moteur de la voiture tourne. Tante Fausta pose ses paquets sur le siège arrière. Je compose le numéro de Samuel.

– Allô, Samuel ? Il y a contre-ordre pour ce soir. Tante Fausta ne peut pas rester. Viens prendre un verre si tu veux… Simon sera là dans quelques minutes.

19

Il tombe une pluie fine, qui semble devoir monopoliser toute la journée. Pourtant, je pourrais sauter d'allégresse. Il me suffit de marcher seule en ville, d'arpenter les rues calmes au voisinage de l'université, pour me sentir prodigieusement libre, pure de toute servitude et de toute attache. Mon esprit réintègre la légèreté estudiantine avec la même aisance que le corps s'ajuste à un vêtement longtemps porté. Étranges, ces fluctuations du sentiment de la liberté. L'esprit change quand le cadre change. Je marche vite et je me tiens compagnie à moi-même. Bavardage agréable, puisqu'il ne peut faire autrement que de s'accorder à mon rythme ; sentiment d'équilibre, dû peut-être au fait que les bâtiments, d'une architecture contemporaine, s'harmonisent avec d'assez généreux espaces verts.

Tout à l'heure, le fleuve aussi était vert, et vert le ciel à son contact, d'une limpidité d'avant l'homme. En admettant qu'il soit possible d'ignorer la hideur industrielle sur l'autre rive, on pourrait croire à de tels moments que le dieu nous tend la main, que le dialogue va reprendre, toute offense oubliée. Alors la paix submerge même les raffineries. Un seul instant de cette qualité suffit à éclairer la journée malgré la pluie. Tout devient possible. Ce pour quoi l'homme est sur terre, et qu'on avait perdu de vue, retrouve une singulière évidence. Comment ne pas se sentir délivré d'un grand poids ?

Je n'aurais pas dû, me dis-je, perdre contact avec ces richesses, que l'on ne peut apprécier autrement que seul et, si possible, vagabond. S'installer dans une maison, dans un travail, est le meilleur moyen de ne plus jamais boire à la source de jouvence, c'est vivre parmi les morts. Il faut du moins quelques échappées comme celle-ci, que le métro ne permet pas. Pourquoi donc être venue vivre dans cette ville ? Ce n'était pas la peine d'aller si loin. Pourquoi s'entêter ? J'ai compris, cela devrait suffire. Serais-je aussi une victime du devoir ? Mais de quel devoir, puisqu'il en existe des quantités et qu'ils se contredisent ?

J'ai longtemps tergiversé, pour arriver à la seule conclusion possible. Il n'y a qu'un devoir pour un écrivain, c'est d'écrire ; qu'un devoir pour un peintre, c'est de peindre ; qu'un devoir pour le musicien, pour le poète, pour celui qui ne peut décidément pas entrer dans le moule, c'est de faire ce à quoi l'incline sa nature intérieure. La petite voix qui supplie dans les profondeurs, on ne doit l'étouffer sous aucun prétexte. Qu'est-ce qu'un écrivain qui n'écrit pas, ou qui écrit seulement dans ses moments de loisir ? Que signifie une œuvre élaborée à la sauvette, lorsqu'il faut museler les idées qui arrivent à contretemps et forcer l'inspiration lorsque l'horaire laisse quelque répit ? Peut-il être appelé créateur celui qui permet que sa création passe au second plan ? Un véritable créateur sait faire table rase de ses sentiments et de ceux des autres, si son œuvre est en jeu ; il immole sans savoir ce qu'il en résultera, en dépit des exhortations des gens raisonnables et des siennes propres.

Il faudrait, comme les armées, avancer parce que l'ordre vient d'en haut et faire fi du reste.

De ces impressions fugitives, je conclus que mon pays n'est pas ici. Il n'est pas non plus ailleurs, si je déménage avec tout mon bagage de contraintes. Partout où n'est pas la solitude, où n'est pas l'espace, où n'est pas le silence, je me sens en exil. De même qu'on ne peut attendre qu'un château médiéval transplanté sur une pelouse texane vous fasse passer dans le dos le même frisson que dans son décor originel, il est inutile de vouloir que les branches poussent là où ne sont pas les racines.

Les souvenirs, c'est curieux. Du temps de mes cinq ans, émergent à peu près seuls Jean Lhobereau et l'ongle du pouce de mon grand-père. Un ongle à tous égards fascinant. C'est lui qui défait les nœuds les plus rebelles dans les échelles de corde, qui tasse le tabac dans les cigarettes – le tabac, rebelle lui aussi, dépasse aux deux bouts –, qui indique les syllabes à épeler dans mes livres d'enfant, qui dépasse de la poche de son gilet. Un ongle omniprésent à la hauteur où se trouvent alors mes yeux. Quant à Jean Lhobereau, il n'a plus de traits précis. Sans doute n'en a-t-il jamais eu. C'est un petit garçon brun surmonté d'un béret, qui trotte à mes côtés sur le chemin de l'école, l'ami élu de cette époque.

Toute la période la plus dense de mon existence tient dans ces deux détails. Tout le reste s'est englouti, transformé en chair et en rêves. Pas de doute, mes paysages intérieurs appartiennent au passé. En quoi le présent leur ajoute-t-il ? Je ne le saurai que plus tard. L'avenir, lui, n'a pas de forme claire. J'ai appris à le compter pour néant afin d'exclure tout espoir et, partant, toute déception. Mais je sais qu'il y a place pour le hasard, même heureux. Je me refuse simplement à lui prêter un visage, à souhaiter quoi que ce soit.

20

Dans l'air tiède du soir, je deviens arbre, ciel, oiseau. Tante Fausta, un bouquet de fourchettes à la main, va et vient derrière la porte grillagée. De l'ouverture parviennent des cliquetis, des claquements de portes, des cognements de balais. J'ai fait hier le grand ménage hebdomadaire, mais il est impensable que tante Fausta passe une heure sans secouer quelque torchon.

Nos invités vont arriver d'une minute à l'autre. Le buffet froid attend sous les érables. Justine et Julien ne se tiennent plus d'impatience : depuis trois jours, ils ne parlent que du gâteau d'anniversaire, des bougies qu'on allumera à la nuit tombée et qu'ils pourront souffler, de la crème au chocolat dont ils ont dix fois vérifié la présence dans le réfrigérateur, de la gelée de poulet, des petits fours, des mille et un détails féeriques d'une aussi exceptionnelle soirée. Il s'informent pour la n plus énième fois de leur place à table et de l'heure jusqu'à laquelle ils pourront veiller. Quelle table ? Celle-ci, ou celle-là ? La petite, celle des enfants. Celle qui a une nappe de couleur. Et est-ce qu'on a le droit d'ouvrir le truc à la citronnelle pour chasser les moustiques ?

– Simon, as-tu sorti les chaises ?

Les chaises, ce sont les chaises de salle à manger des anciens propriétaires, lorsqu'eux-mêmes étaient jeunes mariés. Depuis, ils ont dû renouveler leur ameublement deux ou trois fois, de sorte qu'ils les ont laissées dans le grenier. Nous les déterrons dans des occasions comme celle-ci.

– Si tu avais un autre rappel de salaire, on pourrait peut-être acheter des chaises pliantes, plaisante Simon.

– C'est déjà bien beau qu'on ait pu donner un vrai dîner juste avant de partir.

– Il vaudrait mieux n'inviter personne et acheter quelque chose pour vous. Ce n'est guère raisonnable…

– Ce n'est pas un festin, vous savez, à part la mise en scène.

– Vous faites ce que vous voulez, ma chère enfant.

– Dis, Simon, as-tu pensé à aller chercher nos billets d'avion ?

– C'est fait, chère madame Granville, recevez en paix. J'ai aussi vérifié les passeports et changé nos derniers sous. Il ne reste même pas de quoi acheter un carton de lait.

– On passera le chapeau tout à l'heure.

Gaffe ! Tante Fausta, horrifiée, s'est enfuie dans la cuisine pour glacer son gâteau. Elle en ressort aussi vite.

– Constance ! On vous appelle au téléphone. Un certain Samuel.

– Simon, Samuel est arrivé à la station de métro. Il faudrait aller le chercher : il apporte les bouteilles. Mais si Louis Wolff arrive avant vous, qu'est-ce qu'on en fait ?

– Offre-lui trois ou quatre whiskies en apéritif, c'est son péché mignon.

– Vous invitez quelqu'un qui boit ?

– Oui, c'est le fils du directeur d'un théâtre. Il s'intéresse à ce que fait Simon.

– Et vous allez le recevoir dehors, comme cela ?

– Pourquoi pas ? Il est déjà venu ici et il dit que ça le repose des dîners guindés de son papa. Oh ! j'allais oublier de préparer les avocats.

– Laissez, laissez, je vais le faire.

– Auriez-vous vu le couteau que j'avais mis sur la table pour les découper ?

– Je l'ai lavé.

– Mais il n'avait pas servi...

À part moi, je souhaite que Simon ne tarde pas trop : la pression monte.

– Maman, maman !

Justine et Julien arrivent en courant, chacun d'un horizon différent.

– Les voilà, les voilà !

Julien lâche aussitôt sa chenille sur la nappe, pour courir vers l'entrée. Pour une fois, Tante Fausta et moi sommes d'accord pour crier que c'est dégoûtant. Sur le réfrigérateur se trouve une certaine boîte à couvercle troué où grouillent ensemble les trouvailles de Justine et de Julien : coccinelles, chenilles, éphémères, libellules, papillons, etc. Le contenu en est horrible à voir, car les bestioles n'ont pas l'appétit très sélectif et s'en prennent aussi bien à leur propre espèce qu'aux feuilles de leur pitance. Cela n'empêche pas les enfants de s'extasier sur leurs pensionnaires et de leur parler avec amour. Simon ne m'a jamais dit le quart de ce qu'ont déjà entendu ces chenilles, auxquelles vient s'ajouter la nouvelle venue.

– Je verrai ce que je peux faire, réplique-t-il comme je lui en fais la remarque.

Au dessert, tante Fausta réussit à se lever avant moi et revient triomphalement avec son gâteau, qu'elle commence aussitôt à trancher. Julien blêmit. Il a attendu ses bougies d'anniversaire avec tant d'impatience qu'il ne peut cacher sa déception. Les invités m'interrogent du regard. Plusieurs connaissent tante Fausta : un seul geste d'impuissance suffit à leur expliquer la situation. Ils sont prêts non seulement à l'indulgence, mais encore, s'il le faut, à neutraliser la vieille dame. Mais Jean et Juliette, ainsi que Louis Wolff et sa petite amie, ne l'ont jamais rencontrée. Le regard de Wolff, que l'alcool aiguise, revient avec insistance à tante Fausta. Visiblement, il se demande ce que tout cela veut dire. Simon lui-même remarque quelque chose d'anormal. Il demande à mi-voix :

– Tu n'avais pas fait un gâteau au chocolat ?

– Mais oui, j'allais le chercher. Je comptais annoncer l'anniversaire de Julien en même temps.

– Attendez, chuchote Simon à l'adresse de tante Fausta qui se hâte de remplir les assiettes avant l'arrivée du gâteau concurrent.

– Prends au moins ta part. Vous comprenez, explique-t-elle, Simon préfère mon gâteau. Quand il était petit…

Tante Fausta est lancée. Les sourcils de Louis Wolff remontent à vue d'œil. Tante Fausta est la reine du monologue. Chaque objet lui rappelle quelqu'un qui lui-même lui rappelle… Elle nous entraîne dans un dédale d'anecdotes dont elle seule possède le fil conducteur, tout cela sans sortir d'un petit monde bien clos hors duquel rien ni personne ne saurait trouver grâce.

– J'ai hâte d'être parti, soupire Simon.

– Et moi donc !

La seule perspective de tout un été d'inaction ne déciderait pas Simon à quitter son bureau, ses livres, ses chères habitudes, le rythme dont il a besoin pour inventer le monde qu'il portera à la scène. L'envahissement par tante Fausta ne l'y pousserait pas davantage, puisque je suis là désormais pour en absorber l'essentiel. Mais mes parents nous attendent. Puisqu'il faut partir, le plus tôt sera le mieux ; à cause des tarifs aériens, en particulier. La mélancolie gagne tante Fausta à mesure que le temps passe.

– Vous verrez, répète-t-elle à Justine et à Julien, dans dix ans, vous les abandonnerez, vos parents.

Et à moi :

– Si vous croyez qu'ils vous remercieront de passer vos nuits et vos journées à leur service !

Et à Simon :

– Mon Dieu, comme cela va être épouvantable, ces deux mois toute seule ! Je m'étais habituée, ici, et voilà que vous partez. Nicole m'invite, bien sûr, mais ce n'est pas pareil. Oh ! mon Dieu !

Dans un fracas de bois et de métal, Justine s'écroule avec sa chaise contre le lave-vaisselle.

– Je te l'avais bien dit ! À force de te balancer sur ta chaise, je l'aurais parié que cela arriverait !

Justine, quelque peu abrutie, se frotte la tempe.

– T'es-tu fait mal ? Elle aurait pu se fendre la tête, vous savez !

Excédée, Justine fond en larmes, de peur rétrospective et d'agacement.

– Oh ! Seigneur, continue à gémir tante Fausta, je ne devrais pas, je n'aurais pas dû... Votre oncle Louis me disait toujours de rester calme quand un enfant se fait mal, mais j'ai eu tellement peur !

— Ce n'est rien, tante Fausta, elle a juste besoin de reprendre ses esprits. Je vais lui mettre une compresse d'eau froide.

— Mon Dieu ! Juste avant de prendre l'avion ! Et cela ne vous fait rien ? Pourvu que cela ne vous mette pas en retard. Voulez-vous que je fasse quelque chose ? A-t-on bien tiré tous les stores ?

— Tout est prêt, tante Fausta. Venez plutôt finir de manger.

— Je ne peux pas manger quand il arrive des malheurs pareils ! Qu'est-ce que je pourrais donc faire ?

Tante Fausta se lève, tourne, s'agite, emplit l'étage d'un bourdonnement affolé. Personne ne sait plus ce qu'il s'était promis de ne pas oublier. Au moment des adieux, elle fond en larmes, fait mille recommandations, donne des boîtes et des paquets qu'il va falloir traîner d'aéroports en gares, jusqu'à Saint-Celse, et espère que l'avion ne s'écrasera pas.

De l'autre côté de la barrière d'embarquement, l'air devient tout à coup plus léger.

Dans le rythme précipité de la fin de l'année scolaire et des préliminaires du départ, nous n'avons guère eu le temps de songer à ceux qui nous attendent à Saint-Celse. Eux, au contraire, n'ont pensé qu'à nous. Mon père a nettoyé le jardin et repeint les boiseries. Ma mère, au moment même où tante Fausta tremblait pour Justine, aérait nos chambres et s'assurait que rien ne manquait dans la salle de bain de l'étage. Ils ont acheté des produits dont ils ne se servent pas d'ordinaire, cueilli leurs plus beaux fruits. Tous deux ont à la fois le cœur en fête et un peu d'appréhension avant la tornade qui va passer sur leurs habitudes.

À nous, le voyage annuel apparaît comme une succession de préparatifs et de démarches à mener tambour battant : grand ménage, mise en sommeil de la maison, paperasserie, dispositifs de sécurité, cadeaux à trouver, choix des vêtements et des valises, contrôles de santé et tout le reste. Un ami pilote nous déniche des billets d'avion au prix d'un itinéraire compliqué. Nous traînerons des sacs de cabine archipleins de vivres pour les escales, jeux cachant sous un format compact « des heures et des heures de plaisir », livres, matériel de premiers soins, imperméables et autres accessoires de voyageurs prêts à toute éventualité... ainsi que les cadeaux confiés à l'ultime seconde par tante Fausta. Longues attentes, transits, décalage horaire ont plus de réalité pour le moment que le but du périple. Or, nous n'allons pas ensuite nous livrer à un farniente parfumé d'ambre solaire, mais bien continuer à Saint-Celse ce que nous faisons à Plessis ; et remettre en question l'équilibre laborieusement édifié.

L'année écoulée a émoussé la nostalgie. L'été tout neuf n'a pas encore eu le temps de nous peser. Une sorte de paix s'installe. C'est la période où il serait agréable de regarder pousser les fleurs. Mais, tout comme tante Fausta serait cruellement déçue si nous passions un dimanche sans aller la voir à Bergeville ou à La Futaie, mes parents supporteraient mal que nous passions un été sans séjourner à Saint-Celse. En partant, nous mettons au feu le fer qui nous brûlera au retour.

Il n'est pas aussi simple qu'il y paraît de renouer brusquement avec une partie de sa vie qu'on a laissée un

an plus tôt. La cicatrice à peine fermée s'ouvre de nouveau. Tout ce qui s'est usé, tout ce qui s'est éloigné, pro-
clame la fragilité de la vie, fait éclater la vanité des
efforts accomplis pour la retenir, remue la souffrance
des séparations. La perspective de réunir ce qu'on devra
bientôt séparer encore me remplit d'appréhension.

Je sais qu'à notre arrivée, en sonnant à la grille
rouge de la cour, nous éprouverons le sentiment d'aborder au château de la Belle au bois dormant. Les êtres qui
reposent là, les objets et les souvenirs figés par une trop
longue absence vivent-ils encore vraiment ? Leur palpi-
tation ne s'éveillera pas dès le premier instant. Nous
reconnaîtrons-nous mutuellement ? Il y faudra des tâton-
nements, nous aurons des brèches à colmater. Et lorsque tout et tous accorderont enfin leurs souffles au
même rythme, il sera temps de boucler de nouveau les
valises. Par le hublot de l'avion prêt à décoller, je devine
déjà l'arrachement du retour. Je crois voir, à l'avance,
mon père détourner la tête pour écraser une larme,
devant la fenêtre du train qui nous emportera. Ma mère
et lui nous suivront en pensée jusqu'à l'aéroport, puis
jusqu'à Plessis. Puis le vide imposera, avec plus de force
que jamais, sa loi d'absence et de mort.

Pour les enfants, rien n'assombrit la joie du départ.
Le voyage est une suite d'aventures et de plaisirs. Ils vont
retrouver des grands-parents que leur souvenir n'aura pas
trahis, revoir leurs amis, les jardins, les animaux familiers,
échapper à la routine et goûter à la liberté. L'ange de la
dépossession ne les a pas encore chassés du paradis.

TROISIÈME PARTIE

C'est où, chez nous ?

21

Quelques passagers poussent des cris. Dans le petit matin pluvieux, l'appareil s'est posé brutalement et zigzague sur la piste, probablement glissante. Les lumières de CDG percent à peine la crasse. L'aube parisienne nous jette au visage les mois oubliés.

En pleine léthargie, après la nuit bâtarde au-dessus de l'océan, nous voyons à peine flotter dans la grisaille la silhouette des grands ensembles, les panneaux indicateurs qui ressemblent de plus en plus, mais en bleu, à ceux de l'autre continent, les quais déserts, l'horloge de la gare de Lyon.

– C'est pas sûr que ça va être ouvert. Il est à peine cinq heures...

– Pourtant, il y a des départs vingt-quatre heures sur vingt-quatre, non ?

– Ah, ouais, mais les guichets, ils ouvrent rien qu'à six heures. Enfin, moi, ce que j'en dis...

Simon remercie le chauffeur du taxi et part aussitôt en quête d'un chariot à bagages, denrée rare nous le savons par expérience. L'an dernier, il a fallu pirater une vieille dame pour s'en procurer un. Justine et Julien, mal réveillés, grelottent et s'efforcent d'enfouir leurs jambes nues entre les valises. Deux jeunes gens chevelus dorment dans un coin, effondrés sur un sac de couchage, quelques clochards dorment de guingois sur les banquettes à bagages. Les courants d'air brassent des relents de pipi faisandé. « Ô senteur typiquement parisienne ! s'extasie Simon. C'est bien beau, tout ça, mais on ne peut pas rester là à attendre les six heures fatidiques devant les guichets fermés. »

La salle d'attente est bondée. Le train est peut-être à quai ? Non. Deux voies seulement demeurent vides, dont la nôtre. Julien a envie de faire pipi – c'est peut-être le parfum caractéristique de la gare qui lui donne des idées – mais les toilettes n'ouvrent, elles aussi, qu'à six heures. Simon, sur le quai, fouille dans les valises et distribue gilets et pantalons chauds. Ragaillardis, les enfants trottent, tandis que Constance va prendre position devant le guichet. Une pancarte ordonne de faire valider sa carte au bureau des renseignements, lequel est transféré provisoirement dehors au fond de la cour. Cinquième station. Là, une deuxième pancarte avertit que le bureau ouvre, à la différence des guichets, à sept heures seulement. Le train part à six heures quarante-cinq et nous avons bien assez attendu comme cela. Renonçant à la mystérieuse réduction, je retourne au guichet « Billets première et deuxième classe ». Sixième station. Les clochards sont partis, remplacés par une demi-douzaine de voyageurs guillerets, pomponnés pour le départ annuel, qui me regardent comme si j'avais passé la nuit sur le banc. Il est six heures moins une. Derrière chaque vitre, un employé apathique tripote des tampons, des papiers, regarde sa montre, déplace un siège, histoire de ne pas ouvrir avant l'heure.

Une fille perchée sur un tabouret se cure les ongles et examine méticuleusement le produit de chaque exploration. Les petits boudins noirs tombent sur les bordereaux. Elle les balaie à mesure, avec une sorte d'affection. C'est une occupation pleine d'intérêt. Enfin, les mains pleines de petits cartons roses, je regagne le quai. On en a vraiment pour son argent.

Simon gesticule devant un wagon encore à demi inoccupé : vite ! Il faut faire main basse sur un compartiment vide. Dans un quasi coma, nous jetons des valises et des sacs sur les sièges, dans les filets, par terre. En une minute, le compartiment n'a plus rien à envier aux troisièmes classes des chemins de fer pakistanais. Une fois le rideau tiré, il s'est mué en une authentique forteresse. Quelques voyageurs en mal de place ouvrent la porte, pour la refermer précipitamment. Le résultat est concluant. Dès le départ annoncé, Simon hisse les valises, les enfants s'allongent sur les banquettes et sombrent aussitôt dans un sommeil minéral. Ni la visite du contrôleur, qui inspecte les lieux d'un œil à la fois soupçonneux et compatissant, ni la sonnette du premier service, ne leur arrachent l'ombre d'un soupir. Ce sera une rude besogne de les réveiller à la gare d'arrivée, alors même que dans le haut-parleur une voix menaçante annoncera : « Deux minutes d'arrêt ! »

Simon s'est affalé du côté couloir. Côté fenêtre, déroule une France mouillée, souillée, grise, des banlieues lamentables, des carrières, des usines, des lessives, des murs noircis, quelque végétation agonisante, du brouillard. Je n'ai pas le courage d'en regarder plus et tâche de me forcer à lire une revue, puisque c'est mon quart de veille.

Au coup de sonnette, la fenêtre s'ouvre, les exclamations fusent : « Mon Dieu ! Les voilà ! » Un pas sur le gravier, des étreintes pleines d'émotion, déjà le récit à quatre voix des péripéties du voyage, des rires, des nouvelles. Alors ? Vous allez bien ? Un peu essoufflé, parfois, mais c'est la chaleur. À mon âge… Moi ça va à peu près aussi. Et la cousine ? Et la chatte ? Et les voisins ? Comme ils ont grandi ! Vous avez faim ? Vous voulez donner un bain aux enfants ? Vous allez vous reposer un peu. Pas tout de suite, papy ! Justine et Julien ont déjà disparu dans le jardin.

— Ton frère va passer vous voir. Tu lui téléphoneras quand tu auras une minute.

Les extraterrestres sont là. Des voisins, alertés par les allées et venues, arrivent l'un après l'autre comme autant de rois mages venus déposer pour les enfants des œufs frais, des fruits encore chauds de soleil ou des légumes tout juste cueillis. Ils se souviennent du temps où mon père, en pleine guerre, les approvisionnait à même ce qu'il avait pu sauver de son commerce. En contrepartie, dans un geste quasi féodal, ils prélevaient sur leurs récoltes ou sur leur chasse une dîme d'honneur qu'ils passaient offrir de temps à autre. Ni la paix retrouvée, ni les années, ni l'absence n'ont effacé cette fidélité. Les jeunes ont pris la relève des parents disparus ou trop âgés, de la même manière qu'ils perpétuent les traditions venues du fond des âges. C'est cette stabilité, ce tissu sans faille, qui rend si difficile l'éloignement, car l'éloignement est trahison. Il est d'ores et déjà certain que les fils de ceux qui me tiraient les oreilles quand ils me surprenaient à piller leurs vergers menaceront à leur tour Justine et Julien d'une fessée, s'ils les attrapent à s'aventurer dans leurs arbres. Tout est dans l'ordre, ainsi. Ordre immuable, rassurant. Qui peut devenir implacable. Qui est, pour l'heure, seulement bon enfant.

Coups de téléphone et invitations suivront ces premiers rituels. L'intimité, ce sera pour plus tard, une fois le territoire dûment reconnu, balisé, occupé. Chaque chose en son temps. Nous sommes encore dans l'irréel, entre deux eaux, incertains d'avoir bien touché le rivage. Jour après jour, détail après détail, à petites touches invisibles, les gestes quotidiens nous feront reprendre pied, dans un bonheur de convalescents. Nous oublierons jusqu'à la nécessité de repartir. Puis mon père, ou Simon, laissera échapper : « Dire qu'il ne reste déjà plus qu'une semaine… » Ni les enfants ni Constance ne veulent songer à cette échéance. Mieux vaut ne vivre qu'au présent, comme l'animal à qui suffit sa pitance du jour, comme l'oiseau qui ne sait pas qu'il sera bientôt lui-même cette pitance, comme la rose qui se fane sans regrets.

– Qu'est-ce que je vais donc vous faire pour le déjeuner ?

Ma mère, que la préparation des repas emplit toujours de perplexité, m'interroge traditionnellement deux fois par jour. Ces rappels expriment en réalité un autre désarroi, celui de n'avoir jamais su dire son affection. Elle qui n'hésite pas à terminer toutes ses lettres par « Maman qui vous aime » ne parvient pas à dire ces mots de vive voix. Elle renonce pour nous à une sortie, se prive pour pouvoir nous offrir une folie, refuse d'aller dormir si nous ne sommes pas rentrés, nous veille avec zèle et alerte le médecin au moindre malaise, prodigue ses conseils, s'inquiète à l'excès de ce qui pourrait nous manquer. Mais elle dresse devant elle, comme un mur, la pudeur qui retient le geste ou la parole tendres. Les tracas de l'intendance, c'est sa façon de se déclarer. Comme tante Fausta faisant l'hommage de son gâteau. De cette forme d'amour, je tarde à guérir. Quant à mon père, il exprime volontiers haut et fort ses sentiments, en versant des larmes d'émotion. Si l'on considère mes parents comme un ensemble, cela fait une moyenne honorable.

— Je crois que je vais vous donner les escalopes à midi et garder le jambon pour ce soir.
— Maman, j'ai vu le chat !
— Maman, est-ce qu'on peut aller jouer avec Antoine et Hubert ?
— Tiens, Constance, voici des chaussures que tu avais oubliées.

La tête me tourne de tous ces appels. Seule la maison n'a pu parler encore. Noyée sous la pluie, elle offre sa mine sévère, presque hostile. Posant nos valises sur les dalles sonores du couloir, nous nous sentons comme des occupants entrant dans un village déserté. Est-il possible que j'aie déjà vécu ici ?

Dans la salle à manger, l'odeur de toile cirée côtoie un silence stagnant. Partout, des portraits de Justine, Julien, Simon et moi, posés comme des jalons sur les principaux meubles. L'argenterie s'est ternie, tout semble anormalement immobile, comme pétrifié. Dehors aussi, le calme surprend.

— Les voisins n'ont plus leur chien ?

– Non, ils ont été obligés de le donner. Il se sauvait dans la rue et il a failli provoquer des accidents.

– C'est curieux. Vous écriviez qu'ils avaient acheté un motoculteur et qu'ils avaient l'intention d'exploiter leur jardin. On dirait plutôt que tout est retourné en friche.

–Ils ont eu de gros ennuis. Ils n'ont rien entrepris cette année.

De fait, les framboisiers lancent çà et là des pousses anarchiques, s'entremêlent comme ronciers sauvages. Les liserons et herbes folles envahissent tout l'espace entre les plants, s'y enroulent, les attirent au sol. Des framboises desséchées, des feuilles grisâtres, témoignent d'un abandon total. Sans le chien fou, ce désordre figé, plus morne à cause du temps gris, semble hérité d'une catastrophe.

– Où elles sont, les cerises ?

Les enfants arrivent du jardin. Ils comptaient bien inaugurer les vacances en grimpant comme l'an dernier tout au haut de l'échelle pour emplir de cerises noires leurs paniers lilliputiens. Mais cette année, les vacances commencent un mois plus tard.

– Elles sont finies, les enfants. Nous avons cueilli les dernières il y a une semaine. Nous les avons gardées le plus longtemps possible, mais les moineaux les dévoraient.

– Ah…

Déçus, ils parcourent leur domaine, renouent avec les méandres du sentier, les branches basses, les chausse-trappes, les promontoires. Tiens, madame Bonnat n'a plus qu'une poule, pourquoi n'a-t-on pas gardé les chatons nés cet hiver, où sont le coq et les poussins chez Hubert et Antoine ?

Probablement pour la première fois, ils n'explorent pas totalement au présent. Le temps vient de les frôler : la mémoire n'est pas seulement une faculté qui oublie. Déjà, ils se savent dépouillés par les heures écoulées loin d'eux, mis devant un fait accompli. Non, Justine et Julien, vous n'êtes pas maîtres absolus de ce qui vous appartient. Il y a de la concurrence. Quelqu'un s'en est servi en votre absence, qui marque tout de sa griffe. En définitive, vous ne possédez rien, mais il n'est pas utile que vous le sachiez dès maintenant. Cela se découvre progressivement, à mesure que s'émousse la fureur de posséder, chez un individu doué d'un minimum de sens de l'observation. À mesure que s'impose la conscience de ne point s'appartenir à soi-même, aussi. Votre besoin d'éternité devra se tourner vers d'autres objets.

Fort heureusement pour leurs jeunes appétits, il y a aussi de quoi inscrire à la rubrique des profits : les escargots pullulent, les rosiers sont en fleurs, les coccinelles, doryphores et sauterelles apparaissent au détour de toutes les pousses, sans compter les papillons et autres bestioles. Le tamaris a juste la pente qu'il faut pour une escalade et, tout au bout du jardin, le grillage mitoyen est percé d'un gros trou qui, élargi et poli par les allées et venues du chien, permet de passer chez les Hubert-Antoine, au royaume des framboises et des groseilles.

— Vous ferez comme vous voudrez, déclare Julien du fond de son lit, moi je reste toujours ici.

22

Les premiers jours d'hébétude passés, les choses reprennent leur place au sein de l'éternité. Les habitudes rassurent, c'est bien connu. Elles rendent aveugle aux délabrements les plus évidents. L'accoutumance anesthésie tout esprit critique. A-t-elle réellement existé, cette prospérité dont semble imprégné chacun de mes souvenirs, ou n'est-elle qu'une de ces réalités banales magnifiées par l'enfance ? La maison est-elle fidèle à elle-même, ou agonisante ? Serais-je devenue vraiment américaine ? Cette année, tout m'apparaît plus étranger, comme si je voyais par les yeux de Simon. Cette année aussi, se prolonge davantage la période incertaine où je me demande comme en un rêve : « Ai-je déjà vécu dans cette maison, ai-je même vécu ailleurs ? » Je ne sais si je vis réellement ou si je me suis engagée dans un tunnel de transition entre deux vies.

Tout me ramène à la sensation de chevaucher deux époques. Descendant chercher les pantoufles de Justine, la nuit, je fais d'instinct un détour pour éviter la chaise haute qui n'y est plus depuis trois ans. La descente dans l'escalier obscur devient une descente au fond des siècles. La résonance du vrai bois et du vrai dallage, la porte de chêne à serrures compliquées, ont des échos de château fort au sortir du carton-pâte de Plessis. Tout ce qui est massif, solide, authentique, en arrive à évoquer pour moi un passé plein d'armures et de prisonniers de la tour. Un jour prochain, me dis-je, non sans un frisson dans le dos, je porterai un chapeau à la crème, des lunettes à monture scintillante, et je mettrai dans le même sac les ziggourats de Sumer et les Trianons. Des guides verts plein les mains, polaroïd en bandoulière, je suivrai la foule et je glousserai devant le cadavre de Lord Bothwell, fraise au cou et quéquette desséchée au fond de sa vitrine, je frémirai devant les cœurs des Habsbourg bien alignés, atteinte en plein foie par l'image familière des pots de confiture.

L'armoire à glace du grenier semble engendrer des générations de fantômes. Pourtant son pedigree ne va pas loin : imitation de modern style reçue en gage de grande promotion, flambant neuve, aux environs de mes huit ans, lorsque j'eus *ma* chambre. Cette armoire et moi ne nous sommes jamais bien entendues. Dès que j'ai pu l'envoyer au grenier, je l'ai vue disparaître avec soulagement. Le miroir ne s'obstinait-il pas à refléter dans la chambre des clairs de lune déjà cafardeux, encore aggravés par la traversée de rideaux blancs ? Cette combinaison faisait danser sur les murs des spectres blêmes, fantasmagoriques, dans la pièce même où feu mon grand-père venait de trépasser. L'œil et l'oreille aux aguets, je percevais le moindre souffle de vent sous la porte, le moindre mouvement du rideau, le plus infime craquement du plancher ou des meubles comme la promenade du grand-père fantôme. Terrifiée, je remontais mes draps jusqu'aux cheveux et je ne bougeais plus jusqu'au petit matin, quelle que fût mon envie de faire un tour aux toilettes. Dans cinquante ans, l'armoire à glace brandira encore à chacun de mes passages la menace du grand-père disparu, à condition que je ne sois pas allée lui tenir compagnie au pays des ombres.

Le couvre-lit pèse une tonne et soulève des nuages de poussière. N'importe, il fait glacial. La courtepointe « d'arrière-saison » est toujours là, mais posée sur deux chaises et surmontée de tout un bric-à-brac de literie.

Dans la bibliothèque dorment du sommeil du juste mes plus chers compagnons : livres d'art, collection de la Pléiade, Stendhal, Proust, Shakespeare, Flaubert... Tout un rayon abrite la prose dérangeante de Poe, Lautréamont, Villiers de l'Isle-Adam, Cros, Barbey d'Aurevilly. Sur d'autres tablettes voisinent les collections d'histoire, quelques dictionnaires, les grands auteurs groupés par nationalités, Marc Aurèle, saint Augustin, Rutebeuf, Lope de Vega, Rilke, Montaigne, Jung et Freud, Joyce, Kerouac, tous explorateurs à la suite desquels j'ai tracé mes itinéraires. De curieuses classifications répondent aux fringales et aux cheminements de ce temps. « Qu'importe le flacon, pourvu qu'on ait l'ivresse », disait ma mère lorsqu'elle devait se servir de plats dépareillés. Je répondais alors que le flacon lui-même contribue à l'ivresse. C'était manquer singulièrement d'expérience.

Les annotations, abondantes, ressuscitent les indignations ou les enthousiasmes anciens. Parfois, au contraire, elles me renvoient à une Constance que je ne suis plus : comment donc pouvais-je penser ainsi ? J'ouvre au hasard quelques volumes, pour y retrouver les émotions d'alors. En relisant les notes jetées dans les marges, je crois lire en cachette un courrier qui ne m'est pas destiné. D'autres passages, qui n'avaient pas retenu mon attention à cette époque, me cinglent soudain de plein fouet. Ainsi, en feuilletant les *Mémoires d'Hadrien*, ceci : *Je suis ce que j'étais ; je meurs sans changer. À première vue, l'enfant robuste des jardins d'Espagne, l'officier ambitieux rentrant sous sa tente en secouant de ses épaules des flocons de neige semblent aussi anéantis que je le serai quand j'aurai passé par le bûcher ; mais ils sont là ; j'en suis inséparable.* Et plus loin : *Si quelques siècles venaient par miracle s'ajouter au peu de jours qui me restent, je referais les mêmes choses, et jusqu'aux mêmes erreurs…* Dieu du ciel ! Quelle est cette porte que je viens d'ouvrir ? Il n'aurait pas fallu entrer dès l'arrivée dans ce domaine, fragile entre tous.

— Tu dors, Constance ?
— Non, impossible, avec tout ce vacarme dehors.
— Il va falloir fermer la fenêtre…
— Ah, non ! C'est le seul moment de l'année où on peut avoir un peu d'air.

Une heure après, c'est moi qui ferme la fenêtre, vaincue par toutes les nuances de vrombissements et de trépidations qui montent de la rue.

Simon s'est endormi comme un nouveau-né. De sa bouche entrouverte s'échappe un souffle régulier. La toison qui garnit ses pectoraux s'élève et s'abaisse lentement. Heureux homme ! Je sais qu'il me faudra une ou deux nuits avant de baisser pavillon devant la mollesse du matelas. L'un après l'autre disparaissent oreiller et traversin, sans résultat : j'ai toujours l'impression de sombrer, aspirée par les plumes mouvantes.

La moindre tentative de sommeil se solde par un engloutissement jusqu'aux oreilles. L'instinct de survie me force à la vigilance. J'évoque philosophiquement certain retour de vacances à la belle étoile, alors que j'avais dû m'étendre à même le plancher pour trouver enfin le repos.

À l'issue d'un combat interminable, nébuleux, contre les puissances conjuguées des ténèbres et de la literie, la silhouette de Justine sur le pas de la porte me semble presque une délivrance. Pourtant l'aube est à peine levée. Une aube grise, froide encore.

— Maman, j'sais pas quoi faire…

— Pas quoi faire ? Mais il est cinq heures dix. Il faut dormir.

— J'ai plus sommeil, je ne suis pas fatiguée du tout. J'ai aussi un peu mal à la gorge.

Frisette tourne autour de moi en ronronnant, promène sa queue sur la joue de Simon et, passant derrière lui sur la marche supérieure de l'escalier, elle nous assène la caresse de grands coups de tête affectueux.

Dans la cuisine, les parents se chamaillent, à leur manière inoffensive de vétérans du mariage.

— N'insiste donc pas, si elle n'en veut pas ! Tu vois bien qu'elle n'a plus faim.

— Mais tu me fais rire, on n'a pas besoin d'avoir faim pour manger un abricot. Justine, goûte un de ces abricots…

— Non, papy, j'ai plus faim.

— Mais vous ne mangez rien !

— Laisse donc Constance lui donner à manger. Elle sait mieux que toi ce qui lui convient.

— Julien, tu en veux un, de ces bons abricots ? Et nous, qu'est-ce qu'on prend comme dessert ?

— Je ne peux pas être à deux endroits à la fois, voyons ! Je finis de servir les petits, et ensuite je m'occuperai des autres. Attends une minute. Tu n'es pas plus pressé que tout le monde !

— Mais ne te fâche donc pas, je demande, tout simplement.

De sa vie, mon père n'a pu tolérer d'attendre ni de faire attendre. Il quitte le restaurant avec perte et fracas si on s'avise de l'oublier à sa table plus de dix minutes, ou fait un scandale entre la poire et le fromage. Il s'accommodera d'un costume trop large pour n'avoir pas à subir les atermoiements de retouches et d'essayages, et perd de l'argent plus volontiers qu'il ne compose avec les délais des administrations. Ma mère au contraire aime en toutes choses peser longuement le pour et le contre et redoute par-dessus tout qu'on la bouscule ou qu'on la dérange. Autant dire que ces querelles gratuites sont depuis longtemps passées dans le folklore familial. Comme mon père ne déteste pas en rire lui-même, il déploie une certaine malice à mettre exprès le feu aux poudres pour nous faire, en quelque sorte, les honneurs du spectacle. Avec un clin d'œil à notre adresse, il aborde sans préambule quelque sujet explosif. Par exemple :

— Il fait beau, cet après-midi, je pourrais tailler les rosiers.

Le résultat ne se fait pas attendre. Ma mère sursaute.

— Mais tu vas les anéantir ! Ils sont en pleine floraison !

– Quelle importance ? Les rosiers, ça se taille n'importe quand. Il faut faire cela pendant qu'on a le temps. On les coupe très court et après ils repoussent plus vigoureux.

Le mouvement amorcé, il ne reste plus qu'à laisser les choses s'envenimer d'elles-mêmes. Ma mère, avec l'âge, devient irascible. Mon père s'amuse comme un gamin. Finalement, ma mère découvre la supercherie et se décide à en rire aussi. Mais le manège me paraît moins drôle à mesure que je reconnais en moi-même les traits de l'un et de l'autre.

Dehors, la pluie tombe doucement, comme dans le poème de Verlaine, tiède, presque accueillante. Justine allonge les jambes à la limite de la véranda, jusqu'à la zone mouillée.

– Maman, j'sais pas quoi faire.

– Attends que la pluie cesse, tu iras chercher des escargots.

– Est-ce qu'on va aller à la mer, cette année ? demande Julien. J'aimerais bien, moi.

C'est la période morte, la transition entre l'époque où l'on pousse le landau où bon semble – bébé peut brailler, dormir ou regarder le paysage, mais non pas changer d'itinéraire – et celle de la liberté retrouvée, lorsque les enfants ont grandi assez pour partager de longues promenades. Pour le moment, courts de laisse, ils tirent comme de jeunes chiens avides de folâtrer partout, exigeant qu'on les suive, qu'on les assiste, qu'on les occupe. Ce ne sont que chamailles autour du découpage, rivalités d'arrosoir ou d'escargots. Ils montent cent fois par jour à l'assaut des chambres d'où ils grimpent à tout propos sur le rebord des fenêtres, droit au-dessus du vide, ils veulent lire mais pas seuls, refusent de dormir mais traînent les heures de sieste dans le désœuvrement, s'arrosent les pieds, veulent du ruban adhésif, ne trouvent plus la corde à sauter ou la remorque de la petite voiture rouge. Inutile dans ces conditions de tenter une pensée cohérente, excepté la nuit.

Là, sur la table de la salle à manger, j'éprouve en étalant mes feuilles de notes la profonde volupté et la profonde horreur d'être enfin livrée à l'essentiel. C'est la mise à nu et le supplice de Tantale, l'indigence et la paralysie, l'ivresse de la vérité et des voies illimitées. L'heure redoutable où tombent les obstacles habituels, apprivoisés pour faire place à des embûches nouvelles. Toute la journée, il y avait trop à dire, trop à refouler. Tout arrivait, tout se bousculait, et pas le temps, pas la paix, pour organiser le flot. Voilà que dans le calme retrouvé l'esprit se vide soudain, recule devant la bataille. Sur le poste de télévision, une photographie de moi en chère disparue me somme de m'exécuter. Allons, il n'y a pas de temps à perdre. Les heures de solitude sont rares, qu'elles soient au moins productives. Demain, il faudra planifier les menus, faire nager les petits bateaux, sécher des larmes, essuyer des fesses. Le courrier en retard attend, ainsi qu'une pile de livres à ingurgiter pour les nouveaux cours de la rentrée. Alors, ce n'est pas le moment de rêvasser. « Pitié ! crie le citron, un peu de répit. » La mer, par exemple… j'aimerais bien, moi aussi.

La pluie a cessé. Dans le ciel lavé de frais, des étoiles tremblotent. Ma mère a fermé les persiennes, à cause des papillons de nuit, et j'ai fermé la fenêtre par-dessus, à cause du bruit. À l'intérieur, nulle différence entre le mois de juillet et le mois de novembre. Si les grillons chantent, nul ne le sait. Si le chèvrefeuille embaume, son parfum ne pourra pas traverser tant de barricades. Assiégée, dégoûtée, je tourne en rond, incapable d'écrire et incapable d'entreprendre autre chose. Que faire, en effet, si l'hiver de Plessis vient me hanter jusque dans cette maison, si je ne dispose librement de l'espace ?

Que faire, ficelée aux servitudes quotidiennes, en état d'esclavage cérébral ? Toutes les intoxications de l'humanité me montent à la gorge, me puent au nez, me collent à la peau. Je ne songe qu'à fuir, à respirer, et c'est moi, ici présente, qui demeure le cul sur ma chaise en attendant un lendemain exactement semblable. Il ne reste jamais assez de besognes inutiles à finir pour me détourner de la tâche : fiches de lecture à classer, une autre chemise à trouver pour mes feuilles ; celle-ci est râpée à jour, à force de la traîner partout avec moi, au cas où quelque minute...

Pourquoi donc tant d'acharnement à une œuvre somme toute inutile aussi ? Le verbe qui n'est que verbe se justifie-t-il ? Je ne lui trouve, certains soirs amers, qu'une valeur narcissique d'apprentissage, de découverte de soi et du monde. « Et alors, répondent les soirs d'âme en paix, quand cela serait ? N'est-ce pas suffisant ? » Mais les soirs d'âme en paix sont rares, quand le monde se réduit à quelques mètres cubes d'air familial.

À l'heure de la sieste, allongée sur le dos au milieu du lit trop moelleux, je suis des yeux les craquelures du plafond. Trajet nettement plus compliqué que l'an dernier. Le plâtre s'est fendillé en cercle sur le pourtour de la pièce, et à ce cadre initial se superposent des ramifications en forme de branches entrecroisées. Aux intersections, des cavités plus larges annoncent la débâcle.

Par la fenêtre, le cancer de béton se découpe sur fond de bruine jusqu'au haut des vitres. La cheminée déverse des volutes noires à même la pluie et semble ainsi alimenter toute la petite ville en tristesse préfabriquée. En bas, le père Fernand, par à-coups, se fraie un chemin dans la grisaille. Maintenant, il se déplace avec des béquilles. C'est un de ces jours où les envoyés du destin donnent la chair de poule. Il me semble voir à travers les murs tous les moribonds, tous les éclopés, les crânes sous les visages, le travail du temps qui courbe les dos à toute vitesse, broie les os, décolore le poil, éteint les regards, épaissit ou décharne les corps. Vingt ans ne sont pas plus qu'une seconde. On détourne les yeux, et voilà, c'est fait. Seules échappatoires possibles : l'art ou la contemplation. Encore faut-il choisir. Tout le reste n'est que balivernes.

En s'accordant aux rythmes amples qui bercent le monde depuis la nuit des temps, ne retrouverait-on pas la mémoire de l'avenir, qui s'ajouterait à celle du passé pour donner un sens au présent ? Les civilisations mortes en ont eu l'intuition. Quelle fascination dans l'identité du temps et de l'espace !

La magie du cercle ne peut vieillir. Pourquoi ne s'aperçoit-on pas que les sorciers de la statistique n'arrivent pas à la cheville des prophètes pouilleux, mangeurs de sauterelles, de l'Antiquité ? Les grands de ce monde n'ont pas toujours laissé de trace aussi durable, malgré les colosses de granit, que la simple parole de ces illuminés. À quoi sert de hérisser la terre d'antennes, de radars, de

télescopes, à quoi sert d'envahir le ciel de notre quin-
caillerie sur orbite, si l'on doit oublier l'interrogation pri-
mordiale ? « Frappez, et l'on vous ouvrira » … à condition de frapper au bon endroit. Que valent tous ces
instruments, en comparaison des émetteurs-récepteurs
discrets mais prodigieux qui se développent entre nos
deux oreilles ? Pour pouvoir les utiliser, il faut grimper au
sommet de l'Himalaya, en souhaitant qu'il n'y passe pas
trop de superréactés ; car nous avons travaillé à l'image de
la fourmi-lion, qui s'enterre au fond de l'entonnoir
creusé au prix d'inimaginables efforts.

— Maman, je ne me sens pas bien du tout.
— As-tu mal quelque part ?
— J'ai mal à la gorge, puis au ventre, puis à la tête,
et j'ai chaud, chaud, chaud !
La gorge est rouge vif, le front brûlant. Voilà une
nuit qui s'annonce mouvementée.
— Moi aussi, maman, j'ai mal à la gorge.
— Hé bien, c'est complet, soupire Simon.
Aspirine, collutoire, thermomètre, nous accompa-
gnent heureusement partout. Plus heureusement encore,
ces premières mesures suffisent à replonger les enfants
dans le sommeil. Pour combien de temps ? Le vent s'est
levé, le ciel s'illumine d'éclairs silencieux. L'après-midi a
été chaude, roulant de gros nuages couleur de plomb.
Déjà des grondements assourdis secouent les lointains.
Ma mère prépare les bougies et s'attend au pire. Mon
père, en pyjama, vérifie toutes les fenêtres.
— Les orages sont terribles, cette année. La semaine
dernière, il y a eu des morts au terrain de camping du
lac. Cela ne va pas, là-haut ?

– Les petits ont de la fièvre.

– Il faudra appeler le docteur Saint-Clair dès demain matin. Espérons que l'orage ne les réveillera pas.

Au matin, tout surpris, nous constatons qu'il n'y a pas eu de cataclysme et que les enfants ont dormi. Ma mère propose de les installer dans sa chambre, au rez-de-chaussée, pour la journée.

– Moi je veux pas rester couché, proteste Julien.

– Ben moi, je vais aller dans le lit de mamie.

Justine se love dans le vaste lit, dans le creux même où jadis j'enfouissais mes rougeoles, mes oreillons et tous les bobos traditionnels. Instinctivement, je retrouve pour elle les gestes de ma mère, les mots d'apaisement, la place du verre de citronnade sur la table de nuit. Passé et présent en coïncidence me retiennent un instant par la peau du dos, de sorte que je me sens marcher sans avancer, comme le mime Marceau. Plaisanterie du temps, statique pour rire. Mais il ne faut pas se leurrer : la scène est vue par moi à travers ce qui est déjà le futur. C'est un souvenir en pleine fabrication, une halte qui ne se renouvellera pas. La conscience s'en emplit, car si le fait est éphémère, sa signification ne l'est point. Il fallait peut-être sept ans d'absence pour en arriver à ce détail particulier. Détail du genre de ceux qui vous donnent congé, un jour, du monde des vivants, puisque l'éternité s'adresse à nous en ce langage. Les générations immuables accrochées aux campagnes savent en déchiffrer le code. Nous autres, gens éparpillés, nous doutons parfois de quelque chose, sans pouvoir pénétrer le sens des signes. Alors nous allumons le téléviseur.

La journée s'annonce écrasante. Dès le matin, le ciel rayonne d'un bleu intense. Ce n'est pas une mince affaire que d'empêcher Julien de sortir. Assommée par la fièvre, Justine s'est assoupie. S'il ne fallait faire la lecture à Julien, je me laisserais engourdir aussi.

La Bretagne ou la côte charentaise ? Il doit pourtant exister un moyen d'emmener deux enfants sur le sable chaud, face à l'infini, sans se ruiner. La voix de la mer, la voix du vent dans les pins... Il est impossible qu'ils puissent vivre toute une année encore, tout un interminable hiver, sans le secours du soleil et des vagues au fond des os. Trouver la liste des hôtels, des terrains de camping. Mais sans voiture et sans argent, on est aussi coincé qu'à Plessis et sa vue sur les raffineries. La plage d'Acapulco, les îles Vierges, Hawaii ne sont pas plus éloignés, pas plus coûteux d'accès que cette banlieue française devenue minable. Faire cinq mille kilomètres au-dessus de l'océan pour venir tourner en rond dans une cour, et ne pas pouvoir franchir les cinq cents kilomètres qui séparent cette cour du même océan, est-ce bête ! Les pensées de Constance s'y heurtent et y reviennent sans cesse, tels des moucherons incapables d'échapper à la lumière. Mais les parents qui financent le voyage ne comprendraient pas que pour deux semaines on préfère l'air de la mer à celui du jardin familial, tout empoisonné que soit ce dernier par les gaz d'échappement.

Voûté et blanchi, le docteur Saint-Clair conserve néanmoins sa démarche assurée. À le voir arriver, on se sent déjà à moitié guéri.

– Alors les vacances commencent mal, cette année ! On va arranger cela. Voyons cette gorge. Oh !

Pas très joli, là, au fond… Respire… Encore… Je crois que ce ne sera pas trop grave.

Les tarifs ont changé. La mort dans l'âme, je mets le cap sur la pharmacie. Plus je marche, plus la côte atlantique s'éloigne. Les billets au fond de ma poche égrènent des froissements d'adieu. Les camions m'enveloppent de poussière, de vacarme et de puanteur, les deux-roues harcèlent l'asphalte comme des moustiques que l'orage rend hargneux. L'air s'anime déjà des vibrations de midi. Sale bled ! Quand j'éprouve quelque tendresse pour Saint-Celse, c'est parce que j'évolue par habitude dans le paysage d'il y a vingt ans, parce que mes yeux ne voient que ce qui en reste et font abstraction de cette route monstrueuse et de la forêt de ciment. J'ai oublié de renouveler ma vision de Saint-Celse. Malgré tout, si j'avais dû y vivre, enfant, dans son état actuel de laideur et d'agitation, j'y aurais probablement trouvé des charmes imperceptibles aux adultes. Il existe encore quelques champs de luzerne, quelques jardins intacts, des brèches aventureuses dans les vieux murs de pierre, des friches où se glisser en secret. Chaque année, de nouvelles constructions les dévorent. Cependant les ressources à explorer n'ont pas entièrement tari. Quelques vieilles maisons, point trop fréquentées, recèlent de vastes réserves d'herbes folles, des cerisiers ; des moineaux fusent à l'approche du passant et, aux rares instants de répit dans les bruits de la circulation, on peut encore distinguer tout un grésillement d'insectes.

La brise qui s'est levée voltige sur les graminées. Les points minuscules dansent dans le soleil au sommet des tiges. La chaleur est devenue légère comme ces herbes hautes. Quelques mètres plus loin, le béton reprend ses droits. Aux balcons des HLM, des grand-mères purgent leur retraite derrière les barreaux. Elles ont tout juste l'espace suffisant pour une chaise et un pot de géranium. On ne peut pas toujours rester à l'intérieur, à gêner les enfants, et tous ces étages à pied... D'ailleurs, pour aller où ? Tricoter sur le parking ? Dans un autre logement, c'est un nouveau-né qui hurle, enragé de stagner. La petite sœur fait du tricycle dans la cuisine. Il faut bien qu'elle fasse quelque chose, cette gamine. Le chien des voisins ratisse le balcon du dessus, ses maîtres sont partis à la pêche et ont oublié de lui laisser à boire. Le soleil tape sur la façade jusqu'à dix-sept heures. Le soir, c'est le retour des pères exaspérés par le patron, les impôts, l'usine, la circulation, la belle-mère ou échauffés par un petit coup de rouge en passant ; c'est la grande rumeur d'assiettes, de voix, de téléviseurs. « Tais-toi, j'te dis, ton père écoute les nouvelles. Ces mômes, alors ! T'as pas faim ? Hé bien, va en bas. Quelle tête de cochon, celui-là, c'est bien le portrait de ton père ! » En bas, les durs, bardés de fer et de cuir, embarquent des demoiselles à peine pubères sur des 500 cm^3 à pot d'échappement scié. Le cygne a perdu ses plumes, les Lohengrin en pâté de foie ont la mine plutôt basse, mais comme dit ma mère, qu'importe le flacon...

Chez le pharmacien, un Maghrébin se fait expliquer le mode d'emploi d'une incroyable quantité de boîtes et de bouteilles. Il est loin, le temps des « sidis » en blouse grise et calotte ronde, qui vantaient leurs tapis dans un français raboteux. Dans les propos de celui-ci perce une trace d'accent local. Une fois de plus, j'ai l'impression d'aborder une *terra incognita*. Mais le sauvage, c'est moi.

Le pharmacien, tout heureux de cette visite exotique, me gratifie d'une chaleureuse poignée de main, me montre sa fille, s'enquiert des enfants et du voyage. Tout est pour le mieux, ou presque, merci, et vous ? Et maintenant, passons aux choses sérieuses. Oui, alors, cela fera quatre cent dix-sept francs cinquante. Voilà, et dix. On vous reverra ? Mais certainement. Bonjour chez vous. Voilà, en effet. L'Atlantique disparaît au-delà de tous les horizons disponibles, aussi englouti que jadis la ville d'Ys.

C'est devenu pour moi une habitude de me promener les poches périodiquement lestées d'argent, tout en restant à la limite du délit de vagabondage. Les billets ont reçu dès le départ un emploi qui n'a rien à voir avec mon libre arbitre. Dieu sait qu'il y a toujours des souliers à remplacer, un antibiotique à trouver, un billet d'avion à prendre, une facture à régler. Cuisant souvenir que celui du jour où, fagotée dans un vieil imperméable, je suis allée m'acquitter du prix de la traversée. Un imperméable devenu vraiment anachronique, des regards humiliants et, dans la poche du vieux ciré, deux mille dollars auxquels il ne fallait pas toucher. Passant par les grands magasins du centre-ville pour aller plus vite, je me voyais choisir, parmi les jolies choses offertes, de quoi m'habiller normalement. Un simple geste, et c'en aurait été fini de raser les murs, fini de ressembler à une gouvernante anglaise fanée ! Mieux vaut s'égarer en ces lieux sans un sou en poche et rêver tout son soûl en se disant qu'on changera, quand on le voudra, les rideaux du salon, les fauteuils, l'horrible papier peint rayé rose du bureau, les robes trois ou quatre fois retaillées, le sac à main râpé et les costumes antédiluviens de

Simon. Mais pourquoi songer à cela ? Dès septembre, les restrictions seront moins sévères. Et au fond, quelle importance ? N'ai-je pas été incapable de choisir une jupe lorsque, le jour de mon anniversaire, les parents m'ont donné de quoi remplacer celle d'il y a dix ans ? Il aurait fallu changer trop de choses, effacer trop d'années. Pulls, chaussures et jusqu'à la coiffure, juraient avec toutes les jupes neuves, de la même manière qu'un nouveau riche saute aux yeux dans une assemblée de nobles ruinés. Non, décidément, il ne fallait pas rompre les digues, briser l'harmonie, même entre éléments délabrés. Du reste, avais-je tellement besoin d'une jupe ? Bien sûr que non, puisque je n'étais pas morte d'avoir porté celle-là des années durant. Je jouais à me faire croire que je n'en avais pas d'autre parce que nous étions fauchés. En réalité, je n'en voulais pas. Une sorte de paix marginale finit par s'établir dans la plus que simplicité, et il n'est pas bon de la remettre en question. Alors, tant pis pour la jupe.

Virgules noires sur ciel pâle, les hirondelles fendent l'air à cris perçants, très haut. Assis sur l'escalier, Simon et moi restons à retrouver la paix. Les enfants dorment déjà, éreintés par leur journée d'inaction forcée. Dans la cuisine, les parents achèvent de dîner. Les yeux en vrille d'avoir lu tant de contes et d'histoires, joué à tant de jeux de cheftaine de louveteaux, abrutie de cuillerées de sirop et de pilules deux fois par jour à l'un, trois fois à l'autre, de levure lyophilisée, de suppositoires, je n'ai guère eu conscience de vivre une journée d'été. Toutes les journées analogues en chaleur et en vacances, dans ma mémoire, restent associées à l'insouciance, au farniente, aux balades au bord de l'eau ou, à la rigueur, à la préparation d'examens. Jamais encore cela n'avait été une journée d'hôpital. Il faudra que j'apprenne à reconnaître les jours d'été sous tous les déguisements. Une fois identifiés, je pourrai les vivre pour ce qu'ils sont, sans attendre obscurément quelque chose, fût-ce la mer, sans cet indéfinissable sentiment de vacuité, de *no man's land* du temps, si j'ose dire. Le malaise se dissipera, je ne serai plus en deux endroits à la fois ni en deux « moi-même » chronologiquement discordants.

Depuis le crépuscule, des loirs passent et repassent dans le figuier, puis de tamaris en chèvrefeuille, via le lilas, jusqu'au noyer. Les feuilles s'agitent sporadiquement puis, sur la branche haute, les petites silhouettes rondes trottent à découvert. De temps à autre, l'un d'eux échappe une noix qui traverse à grand fracas les ramures entremêlées. La chatte qui ronronnait sur mes genoux dresse l'oreille, hésite, s'assoit à regret. « Il fera beau demain », dit mon père.

Comme jadis, comme pour Justine, les voix rassurantes m'attirent au centre d'un bien-être immobile, une sorte de bonheur végétatif. Ce voyage-là est plus plein de risques et plus long que l'autre. Il faut chaque fois, pour parvenir au but, reconnaître la non-validité de tout ce qui a tenu la vie à flot depuis les dernières vacances. Il le faut, ou considérer ce séjour comme deux mois de prison. Il est presque fatal aussi de céder à l'envoûtement des vieilleries, véritables bouées de sauvetage des jours passés et de mon identité. C'est le chantage des menues activités paresseuses. De ces activités qui furent les miennes, sans que je les reconnaisse pour telles, au temps de madame Jeanne, de madame Caltosperra et de madame Kirchmayer, puis qui sans en avoir l'air vous ramènent au bercail. Le goût du pain frais, les fruits cueillis au jardin, le moelleux d'un camembert, les zébrures ensoleillées sur les murs, dans la pénombre des après-midi, les pièces à la fois fraîches et chaleureuses, la maison blanche qui vous asperge de lumière jusque sous le parasol, tous les détails rustiques, à la fois malcommodes et attachants, qui vous enlisent en une illusion de pérennité.

23

Choc. Madame Caltosperra monte dans l'autobus, plus jeune qu'à quarante ans. Son époux l'escorte, blanc de cheveux, dur d'oreille – d'après les potins du coin – mais droit comme un *i*.

– Mais c'est Constance !

Une demi-douzaine de matrones se retournent, radars en action. C'est le jour du marché. Les nouvelles vont vite.

Surprise, je remarque pour la première fois combien les femmes ont l'air provinciales, quelques-unes d'allure encore campagnarde, d'autres caricaturant les modèles des magazines. Du coup, ma jupe râpée cesse de m'inspirer pitié : au pays des aveugles, les borgnes sont rois. Cela aussi fait partie de la félicité et de l'inaction.

Madame Caltosperra m'apprend qu'elle est arrière-grand-mère depuis cet hiver et qu'elle s'apprête à partir pour la Côte d'Azur. Ainsi pimpante et perruquée, maquillage discret, silhouette à peine épaissie, elle me fait douter de ma mémoire. Décidément, le vent a soufflé sans moi, ces temps-ci. Sur quel rivage suis-je donc échouée et oubliée ? Ai-je bien quitté des certitudes trop paisibles pour un pays dynamique où tout est possible ? Je me sens comme un bernard-l'ermite qui aurait troqué sa coquille contre une plus petite, comme un fossile. La vie s'est muée en pierre, tandis que sur moi et mes pareils s'édifient des êtres de chair et de mouvement, coulent des temps actifs.

— C'est comme je dis, il faut tout de même profiter un peu de la vie. Que veux-tu que nous fassions, tout seuls ici ? Autant voyager un peu. Bon, il faut qu'on descende. Tu viens, Robert ? Robert, tu entends ? On descend ici. On descend, je te dis. Allez, au revoir, Constance. Tu viendras nous voir avec les petits avant le départ ? Embrasse tout le monde. Au revoir !

Les dames du marché m'observent du coin de l'œil, à la dérobée. Assurément, voilà un oiseau rare. Et de m'envier, probablement, tandis que je les englobe dans un bizarre mélange, mi-jalousie, mi-nostalgie. Et soudainement, là, au milieu des paniers qui sentent le poisson et le melon trop mûr, dans le brouhaha des conversations, le besoin d'écrire s'abat sur moi. J'ai des paquets plein les mains, les filets à provisions et les bourrelets de ma voisine débordent sur moi. C'est bien le moment !

Terrible chose que cette nécessité. Lui donner libre cours, c'est condamner tout le reste. Les mots que l'on accueille en attirent d'autres, et d'autres encore. Cela ne peut cesser. L'attention aux aguets trouve constamment de nouvelles proies, et plus impératives. Y résister, c'est écraser en soi la seule plante que sa terre peut nourrir. Il faut se défier de ce que l'on a compris une fois, l'illumination dure peu. On ne comprend plus, après coup, ce que l'oracle a dit à travers soi. Il arrive, fortuitement, de le redécouvrir, mais presque jamais par l'analyse. Aussi, chaque fois la connaissance se perd. C'est pourquoi il faut court-circuiter toutes les étapes, sauter aux conclusions, les transmettre tout de suite. C'est un contact. À d'autres la tâche de rationaliser. Le poète s'approche plus de la vérité que le prosateur, et le mystique plus que le poète, puisqu'il est plus inerte. Les montagnes, peut-être, précèdent le mystique sur la voie de la révélation. Toute énergie employée à écrire, ou simplement à rendre le message lisible à la conscience, l'est aux dépens de la perception elle-même. Moïse sous l'orage... et après, les docteurs...

Comme tout ce qui croît, par orbes spiralés, la pensée s'élargit à la manière d'un rond dans l'eau, d'une galaxie, s'éloigne de plus en plus du point d'origine. Mais pour cela, il faut une eau calme. Le moindre souffle en trouble le cours, il n'est plus possible de revenir en arrière. Même un retour au point d'impact trahit le cheminement. Le temps, comme l'eau, jamais le même...

« Dis-lui que je l'aim'à la foli-eu, dis-lui, dis-lui, que je l'aime ! » Par la fenêtre des voisins, Claude François répand ses états d'âme. Épais comme une vomissure dans l'épaisse chaleur de l'après-midi, les flonflons semblent traîner derrière eux l'odeur des frites, des merguez, les parfums lourds de la fête foraine. Boire une eau pure, assister aux scintillements de l'aube sur une grève déserte...

24

Le teint cireux, il repose sur le dos, poitrine bardée de piles et d'électrodes, relié à la vie par un tuyau transparent. Sa pulsation balaie l'écran de lignes lumineuses. L'avion n'a pas atterri comme d'habitude. Je me demande quels signes... Où est la frontière ? Quel vol sans visibilité derrière ces paupières ?

— Par exemple ! Comment est-ce arrivé ?

Des voix au téléphone, des voisines un instant statufiées devant leur porte, le pharmacien médusé.

— À son âge, aussi...

— Pourquoi tu emmènes papy à l'hôpital ?

— Il faudra vendre le magasin.

— Je vous gâche vos vacances.

— Les admissions d'urgence ? Première porte à droite. Non, il faut laisser la voiture au parking, à l'extérieur.

— Il faudrait que quelqu'un reste ici.

— Pas plus de dix minutes. Ne le faites pas parler.

La maison château-fort est devenue abri fragile, toutes choses à la dérive, désemparées, désagrégées. Les chairs en décomposition, même chose. Il faut une volonté supérieure pour tout maintenir. Je ne voudrais pas être à la place de Dieu. Tout cela en même temps, quel boulot !

Tout de suite après le pavillon de cardiologie, la campagne s'étale, folle de soleil. Une France blond blé, courbe invitante, offre partout ses moissons. L'*Angélus* de Millet, les demi-teintes du sous-bois, les dictées de Romain Rolland, les cahiers au feu, le feu d'artifice, le défilé de la fanfare municipale et, au-delà, l'Atlantique, se bousculent dans mes pensées. Heureusement que le pharmacien nous a mis sur la bonne voie. Mais lequel est l'univers réel ?

– Encore un tour de manège ! supplie Justine.

– Oh ! la belle bleue ! Moi j'ai envie de mourir, tellement c'est beau, soupire Julien en s'accrochant à mon bras parce que ça craque un peu fort.

Le préfet s'éponge le front en terminant son discours.

– Ne dis pas de bêtises, coupe Simon, énervé.

Et courir dans les marguerites, là-haut, sur le plateau, avec des ailes dans la descente bleue qui sent les pins. Et les cigales déchaînées. La ville qui poudroie en bas, brume hérissée de clochers et de tours, cité incompréhensible au libre barbare.

Il faudrait que quelqu'un reste ici. Il faudra venir nous voir. Vous viendrez bien dîner, un de ces jours. Ne le faites pas parler. La ville en poudre chaude, et tout au fond, blanc comme un os, l'hôpital. Ne plus… Fichtre ! Il faudra du temps pour digérer cela. Ne plus…

À toi de jouer, Constance. Marche devant. Le prochain sur la liste, c'est toi. Il y a longtemps que cela couvait, en douce. Madame Wiener, les Garnot, et cette année le vieux Bertollet. Bien sûr, bien sûr, il va guérir.

Naturellement. Mais ne plus. Tout de même. Alors, ton tour est venu. Il t'en a parlé, de Verdun, en première ligne. Nous y voilà.

— Et si on restait ? demande Simon.

« Trois cents tonnes de poisson mort flottaient à la mi-juillet sur la Moselle. » Ma mère lisant à haute voix des morceaux choisis du journal pendant que j'essaie d'écrire. La vaisselle, les courses, les visites à l'hôpital, le lavage artisanal, joli spectacle mais dur pour le biceps, les déclarations en trois exemplaires, le téléphone à pédales, qu'est-ce qu'on va faire pour dîner, les tarifs postaux à la tête du client, la passion des indemnités encore vivace depuis tout ce temps. Quiii n'a pas sa petite indemnité ? Deeemandez votre indemnité ! La forêt de béton les mobylettes la course entre midi et deux mais tante Fausta ses gémissements ses rideaux son canari, l'interminable neige les petites fenêtres parcimonieuses mais le ciel pro-pre le fleuve mais les primevères dès février...

— Il faudra y réfléchir. Si on reste, je perds mon tra-vail mais on garde le magasin. Si on part, qu'est-ce qu'ils vont devenir ?

— Tu as vu Charles ?

— Charles ?

— Mon escargot. Regarde comme il est beau. Et elle, c'est Marie-Charlotte, sa fiancée. Je les fais danser, ils bavent. C'est bien, hein ?

Bien, en effet, ces fiançailles escargotes. Étonnant, comme Justine a grandi, cette année. Une belle fille, toute en jambes.

Accroupi derrière un pommier, Julien discourt à voix basse. « Tiens, ça t'apprendra. Ah, tu voulais te sauver ? Voilà ce que je leur fais, moi, à ceux qui veulent se sauver. Ça te fait mal ? Oh ! pauv'petite fourmi, pleure pas, va, je voulais pas te faire mal. Pourquoi tu vas tout de travers, hein ? Je vais t'apprendre, moi, à marcher de travers ! Tiens, et après, tu vas mourir. Je t'écrabouille. »

L'amour sadique de l'enfant pour l'animal, le goût de la torture, la mort gratuite, l'expérience, l'avancement de la science, le permis-pas permis, la loi du plus fort, la volupté d'avoir enfin plus faible à sa merci. Tous les petits martyrs à quatre, six ou huit pattes qui courent dans la poussière ! Ah, tu ne peux pas te défendre ? Tu vas payer pour les autres. Il y en a qui ne grandissent jamais. Et j'aurai la légion d'honneur. Tara-rara-boum, tagada, tara ta ta, ta ta ta ta ta ta ta ta ! Quand le meilleur au pire se mêle, l'uniforme, le char, la trompette, remontent le cours de Vincennes, la foule s'entasse sur les gradins du stade avec un cœur de 89, de 14, de 39 et de 50 avant J.-C. Ce sont les os de Marie-Antoinette qui craquent et son sang bleu qui gicle, oh ! la belle bleue ! Tous unis face au métèque, en une solidarité vengeresse. Français avant tout, le cœur débordant de liberté égalité fraternité à la lanterne, *panem et circenses* et demain, sur la route, attends ton tour salaud, tu l'as eu dans un cornet-surprise, ton permis, eh patate ? C'est ce qu'on va voir, Monsieur ! Et je suis poli. Les gars comme vous, je les emmerde.

De tout cela, retrouver l'usage. La largeur du garage, précautionneusement. Ce bruit, dans le téléphone : tu crois que c'est occupé ? L'oncle Prudent, il est mort, ou c'est l'oncle Auguste ? Les biscottes, elles sont dans le placard ou dans le buffet ?

Même les noms. J'ai désappris. Membre honoraire du clan, je suis. Les expressions de ma mère me sautent aux oreilles avec un éclat neuf. Je n'ai pas, moi, le moindre signe d'appartenance. Un accent bâtard, des habitudes bâtardes. De quel droit vais-je aller affirmer d'indiscutables vérités, en septembre ? Messieurs, Mesdemoiselles (chacun son tour), n'écoutez pas ce que je vous dis. Personne n'a le droit de vous dire quoi faire. Je bonimente, je vends un élixir à tout guérir mais c'est la foi qui sauve. Vous comprenez ? Non, ça ne fait rien. Qu'a voulu dire l'auteur ? Soyons modestes, il n'en sait rien lui-même. Il l'a su un instant, peut-être, au moment où il écrivait, mais après ? Servi tout chaud, le message tombe par hasard au cœur d'un cœur prédestiné, qui n'en fait qu'une bouchée, digère, assimile, diffuse le jus précieux. Mais le cerveau du cœur prédestiné n'a peut-être pas intellectuellement compris. C'est pourquoi la musique vaut mieux que les mots. Pourquoi les mots cherchent la musique. Pourquoi le peintre peint ce que personne ne peut voir et greffe l'impossible sur le réel pour le rendre vraisemblable. Pourquoi l'écrivain a besoin de la fuite pour la fixer. Pourquoi le silence, les cris, les soupirs, les méninges en roue libre éclairent les coins que n'atteignent pas les sages lumières de la raison cartésienne.

Seule à la table de la cuisine, ma mère mange un œuf à la coque. Je note que les broyeurs à biscottes fonctionnent avec une étrange discrétion. Elle m'a toujours fascinée, cette bouche sonore, lippue, gourmande. Souvent, j'ai guetté dans le miroir l'apparition sur moi-même des symptômes... Non, pas encore. L'hérédité m'épargnera peut-être.

La chatte tourne en rond, module d'étranges appels, refuse de manger. Mauvais signe.

– Elle va peut-être avoir ses petits.

Puis, silence. Long. Les broyeurs, en sourdine comme s'il était là. Elle y pense.

On pourrait rester, répète Simon. Il ne faut pas vous sacrifier, disait Mireille. Alors je te laisse la lessive. Tu pourras aller à l'épicerie, je ne sais pas si j'aurai le temps, depuis le magasin. Passe me chercher ce soir, il y aura des colis. Maman, quand est-ce que tu nous emmèneras à la piscine ? Tu me déposeras au centre-ville, en rentrant de l'hôpital, et Sylvie demande si tu peux aller la prendre. C'est tellement long, en autobus. Passe de bonnes vacances quand même, repose-toi bien, répète mon père. Mais oui, ne t'inquiète donc pas. Quand ton frère sera parti en vacances, on ira deux fois par jour, pour qu'il ne se sente pas trop seul. Trois semaines les pieds dans l'Adriatique. Il est fatigué, il en a besoin, dit ma mère. Heureusement que vous êtes là. Si vous restiez…

J'ai tourné la page il y a quelques semaines à peine. Vraiment, ce n'est plus possible ici. Pas de chance si le temps, comme de l'eau, si les petits Kawa s'acharnent dans la Côte, si la puanteur gagne. Semblable je suis, mais autre la maison. Sûr, sûr, sûr ? J'ai besoin d'immuable. Mille regrets, pas ici. La Bolivie, peut-être ? Le voyage, c'est certain. La mer. Se transporter de paysage en paysage pour préserver et vérifier l'intégrité. Changer pour sauver la permanence. Au fond de quoi se cache la paix ?

– C'est où, chez nous ? demande Justine. Ici ou à Plessis ?

– Je ne sais pas, Justine, cela dépendra.

– Tu n'as pas mis le melon au frigidaire ? Elle m'a dit que c'était pour dimanche, mais il a l'air bien fait. Oh, et puis je vais les mettre tous les deux au frigidaire, de toute façon ils seront bientôt mangés. Le potage, cela ira encore pour demain. Si on en fait trop, par cette chaleur, il sera perdu. Madame Bonnat m'a donné des courgettes de son jardin, elles sont toutes fraîches. Ôte-toi donc, que j'essuie la table…

Comme d'habitude, ma mère dissimule sous les préoccupations les plus terre à terre l'angoisse qui la ronge et la peine de nous voir bientôt partir. Ce masque, il m'est d'autant plus insupportable que j'en porte un, moi aussi. Un masque de fausse drôlerie et de cabrioles de chien fou. Mais le moment ne se prête pas aux pitreries. Par ailleurs, même si je sais que l'heure de vérité ne sonnera plus jamais comme en cette occasion, il est au-dessus de mes forces de faire tomber ces masques – qui ne tiennent pourtant plus qu'à un fil – en osant un geste de tendresse. Nous en resterons donc aux banalités. Peut-on vivre toujours caché, déchiré de n'être pas reconnu ?

Qu'est-ce, au juste, qui m'attache ainsi à ce coin de terre : les êtres, les choses, ou plutôt l'illusion d'un éternel présent, auquel on pourrait revenir de temps en temps pour refaire ses forces et tenter d'oublier la seule certitude que peut avoir un être humain ? Ce monde de liberté et d'insouciance n'était-il en réalité qu'un îlot minuscule que la marée grignote ? A-t-il seulement existé ailleurs que dans mon imagination ? D'une manière ou d'une autre, quand le présent n'est plus qu'une tension entre hier et demain, il n'y a plus d'innocence, plus de refuge. Restent les fruits amers de la lucidité. « Ils virent qu'ils étaient nus… » Ne vaut-il pas mieux retourner à l'ordre imparfait que nous avons établi à Plessis ? L'année prochaine, rien n'aura changé, à part une petite fêlure que je n'oublierai plus.

Je suis toujours en retard d'une longueur. Combien de temps encore avant d'admettre que chez nous, ce n'est ni ici ni ailleurs ? En vérité, notre univers, avec ses deux centres, n'en a aucun ! Un rivage imprécis, une quête, une paix. Qui sait ? On est toujours la fourmi de quelqu'un. Alors, rester ou partir… Le malentendu n'est-il pas toujours présent, le terme du voyage toujours le même ?

Tacatac, tacatac, la nuit défile. Les arbres, à peine des ombres sur la brume. La forme des collines, douces, sévères, c'est la Gaule celtique tout à coup ressuscitée, le chaînon manquant. La Gaule celtique à deux cents à l'heure. Magique.
Il suffisait de scruter les murmures originels, vierges encore de la parole et de ses trahisons ; de rendre à l'espace sa dimension sacrée, que ne traverse aucune frontière. Il est là, le refuge, au-delà des masques et des malentendus ! Et où donc pourrais-je, autant que sur cette terre, m'enfoncer dans l'épaisseur des générations et des millénaires pour atteindre enfin à l'essentiel ?
Voilà que les racines se raniment, deviennent sensibles. Il a fallu deux mois… Même les murs lépreux, les taudis, les volets de travers sont nécessaires, recommencent à signifier. Les arbres vivent leurs rites nocturnes. Les nuages s'alourdissent de sacrifices, de signaux de

tribu à tribu, de grandeur terrifiante. Chenue, la nature, à cette vitesse. Les forces divines sont là, à portée de la main. Célébrer les dieux païens, les dieux de la nuit, devient à l'évidence le seul moyen de s'abreuver aux sources de l'immortalité. Superstitions gauloises… oui, oui, oui, maintenant je comprends… Paysage oblige. Ces arbres tourmentés, ces collines, on ne peut les voir qu'avec un esprit redevenu primitif.

Peu à peu, forêts et nuages émergent de l'ombre, l'eau perd ses effets de lune, mystère et grandeur s'évanouissent. Paris, les cordes à linge, les maisons plantées sur un tout petit lopin comme on plante sa tente dans un terrain de camping surpeuplé… et tout cela, pourtant, nécessaire. Une sympathie, un air de famille, des liens qui se renouent, alors que le train roule dans le mauvais sens. Il est si vite trop tard…

LES LAURÉATS DU PRIX ROBERT-CLICHE

1979 *L'Emprise* de Gaétan Brulotte
1980 *Le Double suspect* de Madeleine Monette
1981 *La Belle Épouvante* de Robert Lalonde
1982 *Chère voisine* de Chrystine Brouillet
1983 *37 ½ AA* de Louise Leblanc
1984 *Les Olives noires* de Danielle Dubé
1985 *Black Magic* de Rachel Fontaine
1986 *Loft Story* de Jean-Robert Sansfaçon
1987 *Les Héritiers* de Louise Doyon
1988 *Passeport pour la liberté* de Raymond Beaudet
1989 *La Nuit des Perséides* de Jean-Alain Tremblay
1990 *Les Lièvres de Saint-Giron* de Jean Fontaine
1991 *Deux semaines en septembre* d'André Girard
1992 *Maria Chapdelaine ou le Paradis retrouvé* de Gabrielle Gourdeau
1993 *Le Quatrième Roi mage* de Jacques Desautels
1994 *La Thèse* de Robert Gagnon
1995 Non attribué
1996 *Un cœur farouche* de Danielle Roy
1997 *L'Ange tatoué* de Raymonde Lamothe
1998 *Smiley* de Michel Désautels
1999 *L'Amour Mallarmé* de Guy Moreau

IMPRESSION
IMPRIMERIE GAGNÉ

IMPRIMÉ AU CANADA